目次

登場人物紹介
ヘリオット▲
28歳。国王シグルドの
第二の側近。
一見柔和なお調子者だが、
国王を策略面で支えている。
セシール▲
17歳。男爵家の妾腹の娘で、
愛妾《あいしょう》シュエラ付きの侍女。
冤罪《えんざい》により王宮で不遇の日々を
送っている。

シグルド ▲
ラウシュリッツ王国国王。
周りに支えられ、
国王として成長している。
シュエラ ▲
国王シグルドの愛妾。
様々な困難を経て、
王妃となる。
ケヴィン ▲
シグルドの従兄《いとこ》で、第一の側近。
ヘリオットの友人でもある。
アレン ▲
セシールの元婚約者。
婚約解消後も
彼女を気にかけている。
フィーナ ▲
シュエラ付きの侍女で、
無鉄砲なカチュアの
宥め役。
カチュア▲
シュエラ付きの侍女。
誰にでもはっきり物を言う
勝気な性格。セシールを
嫌っているが……

策士な側近と生真面目侍女

～これがわたしの旦那さま外伝～

プロローグ

ラウシュリッツ王国、王都の郊外に建つ小ぶりな邸《やしき》の門の前にて。

馬車から降りたセシールは、二階建てのその邸を見上げて尋ねた。

「この邸に何の用があるんですか？」

隣にいるのは、薄茶色のくせのある髪に柔和な顔立ちをした男性。その彼がセシールの肩に手を回して答える。

「何の用っていうか、ここ、君と俺の新居」

ここに来るまでの間、彼が散々行き先をはぐらかした理由を悟り、セシールはショックを受ける。

邸は持たないって言っていたのに……

この国の国王側近である彼――ヘリオットと、女官見習いのセシールは、つい先日結婚したばかり。とはいえ新婚生活をのんびり過ごすことなく、ここしばらくの間は、もうすぐ行われる国王シグルドと愛妾《あいしょう》シュエラの結婚式の準備のため、多忙を極めている。

お世継ぎをもうけるために国王シグルドの愛妾になったシュエラは、紆余曲折《うよきょくせつ》を経て、この度シグルドと正式に結婚し、ラウシュリッツ王国の王妃になることになった。その晴れの日のために奔《ほん》走《そう》するのは、シュエラを敬愛するセシールにとって、苦労よりも喜びが勝る。

しかし、寝る間も惜しんで働き続けていては疲れがたまってしまう。そう言ってヘリオットは、息抜きのためにセシールを馬車で王城の外に連れ出してくれた。

驚かせてくれようとしたのはわかる。実際セシールはすごく驚いた。息抜きといったらピクニックや街の散策や買い物といったものを想像していたので、突然自分たちの新居に連れてこられるとは考えもしていなかった。出発前に聞かされていたとしても、セシールは驚いたに違いない。

何故ならお互い仕事が深夜に及ぶこともあるため、結婚してもそれぞれが城内にいただいている部屋にそのまま住み続ければいいという話になっていたからだ。それに邸があれば、セシールは貴族の妻として邸を管理し、守らなければならない。さすがにそれでは女官の激務は果たせない。だから、邸を持たないことにしたのだとばかり思っていたのに。

「な、何なさるんですか、ヘリオット様！」

ヘリオットは、セシールの膝裏に腕を差し入れて抱き上げる。セシールはとっさにヘリオットの首に抱きついた。耳元でヘリオットの笑い声が聞こえる。

そんなに軽くはないはずだ。胸元にフリルがたっぷりあしらわれたブラウスはふんわり軽いけれど、シンプルで上品なデザインのスカートは厚手で重い。それに先日まで侍女だったセシールの手足には、意外に筋肉がついている。だがヘリオットは、元近衛隊士《このえたいし》だけあって腕力があるのだろう。軽々とセシールを抱き上げている。休日ということで下ろしていたセシールの波打つ金髪が、ヘリオットが足を進めるごとにゆらゆらと揺れた。

「帝国のほうでは、花婿が花嫁を抱いて新居に入るっていう風習があるんだってさ。で、せっかくだからそれを真似てみようと思って」

「〝せっかく〟って……」

セシールは呆れてつぶやくけれど、ヘリオットは聞いていないらしい。門扉《もんぴ》から玄関に向かって歩きながら感想を漏らす。

「うーん、これは男のプライドをくすぐるね。何というか、〝君は俺のものだ！〟って実感がふつふつと湧いてきて」

それを言うなら、セシールの乙女心もくすぐられている。好きな人に抱き上げてもらい、二人で暮らす邸《やしき》の玄関をくぐると、〝この人のものになったんだ〟という幸福感で胸がいっぱいになる。

扉を開けてくれた初老の男性と目が合いそうになって、セシールは恥ずかしさのあまりヘリオットの肩に顔を埋めた。ヘリオットはそのまま邸の中へと入っていく。

セシールがヘリオットの腕の中でしあわせに浸《ひた》っていると、急にその振動が大きくなった。

「今階段を上がって寝室に向かってるんだけど、抵抗しないと最後までやっちゃうよ？」

それを聞いたセシールは、顔を上げて澄んだ青色の目でヘリオットを睨んだ。

「まだそれをおっしゃいますか！」

「駄目なの？　ざーんねん」

さして残念そうでもなく、ヘリオットは肩をすくめる。

ヘリオットの飄々《ひょうひょう》とした態度を見ていると、セシールはどこまでが冗談でどこからが本気なのかわからなくなる。

そのせいか、未だに時折疑問に思う。何故ヘリオットは、セシールと結婚しようと思ったのかと。

何しろ数カ月前のセシールはとても愚かで、彼に利用されても仕方がないほどだったのだから。

世界がひっくり返る

「この馬鹿娘が！」

色あせた金髪に青い目をした中年の男性が、セシールを思い切り張り飛ばした。

セシールはよろけて思わず倒れ込んでしまう。痛む頬を押さえてのろのろと体を起こすと、その男性——彼女の父は容赦なく罵声《ばせい》を浴びせた。

「愛妾《あいしょう》候補に毒を盛っただと!?　そんなことしてバレないと思っていたのか！」

自分はやってないと訴えたところで、父は聞く耳を持たないだろう。いや、父だけでなく、ここラウシュリッツ王国の民全員が、セシールたちがやったと信じて疑わないに違いない。

シグルドが即位し王妃を娶《めと》ってから三年、訳あって二人の間には未だお世継ぎが誕生しない。そのことを憂《うれ》えた家臣たちは、国王に二十八人もの愛妾候補を差し出した。

二十七人目までは、王城に入ったその日から、すでに国王の寵愛《ちょうあい》を得たかのように傍若無人《ぼうじゃくぶじん》な振る舞いをした。その者が連れてきた大勢の使用人たちも同類で、城内で働くことを許された名誉ある侍従《じじゅう》侍女に、当然とばかりに指図する。

もともと王城で働く者の多くは王妃を信奉しており、お世継ぎはいずれ王妃が産むものと考えていた。そこに我が者顔で愛妾《あいしょう》候補たちが押し寄せてくるので、彼らの不満は増すばかり。

だが彼女らは国王の目には留まらず、早々に王城を去った。が、次に二十八人目が訪れると知れると、まだ見ぬその人物への悪口が瞬《また》く間に広まる。使用人を一人も連れてこないことが分かっても、〝どうせ自分たちをこき使うつもりだろう〟という声が城内のそこかしこで聞かれた。

そんな中、その愛妾候補の世話係としてセシールたち六人の侍女が選ばれる。すると周りの侍女たちは、「愛妾候補の我が儘《まま》なんて撥《は》ね退けるのよ」と無責任にけしかけてきた。彼女たちの反感は買いたくない、けれど与えられた職務をこなさないわけにはいかない。そんな板挟みに憂鬱《ゆううつ》になりながら、セシールは新しい仕事に就いた。

ところが実際に二十八人目に会って驚いた。愛妾候補――貧乏伯爵家の娘シュエラは、本当に貴族なのかと疑いたくなるくらい人を使うことに慣れていなかった。質問しても返事がないとわかればすごすごと引き下がるし、散歩に出るにしても「散歩に行きたいのだけど、いいかしら？」とお伺いを立ててくる。

それを他の侍女たちに話すと、「そうやって油断させておいて、そのうち好き勝手始めるのよ。

油断しないで距離を置き続けて」と言われる。同じくシュエラに仕える侍女たち五人の目もあるから、下手に候補に同情はできない。そうして冷たい態度を取り続けて約一カ月後。

愛妾候補の食事に薬が盛られる事件が発生した。

さいわい薬は下剤で、愛妾候補は体調を崩して寝込むだけで済んだ。しかし彼女を気に入っていた国王は、このことに激怒。ろくに調べもせず、セシールたち愛妾候補付きの侍女全員をその日の夜にクビにした。

あれからまだ、丸一日も経っていない。噂が錯綜《さくそう》し、『下剤』は『毒』と言い変えられたようだ。そして誰もが犯人はクビになったセシールたちだと思ったのだろう。

事件のあった翌朝、王城から追い出されたセシールが父ブラウネット男爵の邸《やしき》に帰ると、すぐさま書斎に呼び出された。そして何の釈明も許されぬまま、父に張り飛ばされたというわけだ。

「おまえほど見目が良ければ国王の愛妾も夢ではなかっただろうに、何もかも台無しだ！　後妻を欲しがる脂《あぶら》ぎった商人に売りつけてやるから、そのつもりでいろ！」

床に座り込んだまま、セシールは込み上げてくる笑いを懸命にこらえた。

わたしは所詮、父さまにとって道具に過ぎないのね……

妾腹《しょうふく》のセシールは、十歳の時に実の母に売られるようにして父に引き渡された。それから一年ほど父の邸で行儀作法を学んでから上級貴族の邸に使用人として差し出され、そこの主人の推薦を受けて王城で働く侍女になった。

父にとって、セシールは娘ではなく、出世のための道具なのだ。セシールを通じて父は上級貴族とよしみを結び、末端ではあるが官職に就いている。

セシールが侍女をクビになったことは、父の立場を悪くしただろう。あらぬ罪で侍女の職を失い父に傷つけられたセシールは、そのことに少しだけ胸がすく思いがした。


それから二週間ほどしたある日のこと、セシールは突然父とともに王城に呼び出される。

呼びだしたのは国王で、用件は驚いたことに謝罪だった。犯人が別に見つかったこと、薬が盛られたことを見過ごしただけなのに罰が重すぎたと。

望むなら侍女に戻れるよう手配しようと言われ、セシールは父の返答を待たず、自ら〝ぜひに〟とお願いした。国王のもとを辞してから、勝手な真似をしたセシールに父は怒りをぶつけたが、国王が承諾したからには撤回のしようもない。セシールは翌日には王城に戻った。

鞄《かばん》一つを手に王城を訪れると、門衛にはすでに話が通っていて、すんなり中に入れてもらえた。

セシールは使用人が使う裏道を通って、王城敷地内の東の隅にある木造四階建ての侍女棟に向かう。その一階、入口に一番近い侍女長室の扉の前まで来ると、ノックをして名前を名乗った。すぐに「お入りなさい」と声が返ってくる。

「失礼します」

そう言って中に入れば、灰色がかった髪をきっちりまとめた年配の女性が、書きものをする手を止めて顔を上げた。セシールはその女性――侍女長が着席する大きな机の前まで歩みを進め、鞄を傍らに置いてお辞儀をする。

「よく戻ってきてくれたわ、セシール。あなたほどよくできた侍女が辞めなければならないなんて、もったいないと思っていたの」

「ありがとうございます」

セシールは、侍女長の賞賛をうやうやしく受け取った。

国の中枢である王城で、王族の世話をしたり賓客《ひんきゃく》をもてなしたりする侍女になど、そう簡単になれるものではない。王城に勤めるには上級貴族の推薦が必要となるのだが、縁故を持たなかったセシールは、上級貴族の邸《やしき》で使用人として勤め、働きを認めてもらわなければならなかった。

ゆえにセシールは侍女である自分に誇りを持っていたし、それは冤罪《えんざい》を着せられたからといって変わらなかった。ましてや冤罪が晴らされた今、セシールには恥ずべきことなど何もない。

曇りのない瞳でまっすぐ見返すセシールに、侍女長は何故か視線をさまよわせた。

「実は今、たくさん侍女が辞めてしまって人手不足なの。大変でしょうけど、よろしく頼むわね」

「はい！」

少し引っかかりを覚えたものの、〝頼むわね〟と言われたセシールは、意気込んで返事をする。

クビになる前に使っていた部屋が空いているからと言われ、侍女棟三階にある部屋に入った。

小ぶりなベッドが部屋の半分を占める小さな部屋は、二週間前に荷物をまとめた時のままだ。

外出用のドレスから侍女服に着替えたセシールは、まず両開きの窓を開け、ベッドの端に畳んであった毛布を広げてそこに干した。それからベッドの上や小さな机、椅子などの埃《ほこり》をはたく。借りてきた箒《ほうき》で白木《しらき》の床を掃《は》いていると、大きく開け放った戸口に人の気配を感じた。

「ミゼーヌ」

顔を上げたセシールは、顔見知りの侍女の姿を見てほっと表情を緩める。が、彼女が外出着姿であることと、どう見ても友好的ではない荒《すさ》んだ表情をしていることに気付き、眉をひそめた。

「どうかしたの？」

怖くなってセシールの声はかすれる。するとミゼーヌは「あはは」とけたたましく笑った。

「〝どうかしたの？〟ですって？　そりゃあわざわざ戻ってきたお馬鹿さんを見物に来たのよ」

ミゼーヌは何かと他人を振り回すところがあったけれど、セシールとは下級貴族出身の侍女同士、同じ悩みを持ち、互いに慰め合った仲だった。

そんな彼女に、何でこんなことを言われなければならないのかわからない。

彼女の悪意が深く胸に突き刺さってきて、セシールは手にしていた箒の柄をぎゅっと握りしめた。

その時、階下のほうから他の侍女の声がして、ミゼーヌは何故かびくっと体を震わせる。

「も、戻ってきたなら、そのうち思い知ることになるわ。あなたに味方するんじゃなかった！」

言うだけ言ってミゼーヌは足元に置いてあった自分の鞄《かばん》を持つと、逃げるように足早に去っていく。

〝味方するんじゃなかった〟？　一体どういうこと……？

ミゼーヌの言葉がセシールの心に影を落とす。その意味を、セシールは午後から始まった仕事の際に、身を以《も》って知ることになった。


紅茶を淹《い》れてテーブルに置くと、セシールはこの客室に滞在している夫人に声をかけた。

「紅茶のご用意ができました。お砂糖、ミルクなどはいかがいたしましょう？」

窓辺に立っていた夫人は、振り返ってセシールに冷ややかな視線を向けた。

「あなた、最近見かけなかった子ね」

どうしてそんな蔑《さげす》むような目を向けられるのかわからない。けれど失礼がないようにと、セシールは侍女服のスカートをちょっとつまみ、お辞儀をしながら答えた。

「はい。本日午後よりお仕えさせていただくことになりました。よろしくお願いいたします」

「じゃあもしかして、冤罪《えんざい》が解かれて王城に戻ってきたのって、あなた？」

「……はい、そうです」

険のある口調に不安を覚えながら答えると、夫人はつかつかとテーブルに歩み寄って、その上に置かれた紅茶のカップを手で払った。カップはティーソーサーごと床に落ち、耳障りな音を立てて割れる。破片は紅茶とともに、辺りに散らばった。

突然のことに言葉を失っている。だが夫人は焼き菓子を皿に盛っていたもう一人の侍女に声をかける。

「そこのあなた。カップの破片を片付けて」

「わ、わたくしが片付けます」

セシールが破片に近寄って屈《かが》み込もうとする。だが夫人は金切り声を上げてそれを止めた。

「あなたはもういいから出ていって！　目障りよ！」

酷い言われように、セシールは愕然《がくぜん》とする。

夫人は怒りのこもった目でセシールを睨みつけ、さらに痛烈な言葉を浴びせてきた。

「薬が盛られた食事を平然と出す侍女の淹《い》れた紅茶なんて、飲めたものじゃないのよ！　そちらのお菓子も何が盛られてるかわからないから下げて！　わたくしの口に入るものに、この子を近づけないでちょうだい！」

ショックで身動き一つできないでいるセシールを、夫人は顎《あご》を上げて見下ろした。

「許されたからといっておめおめと王城に舞い戻ってくるような、厚顔無恥《こうがんむち》な侍女をつけられるなんて、わたくしも見下げられたものね。侍女長を呼んでちょうだい。どういうことか説明してもらうわ」

最後の命令は、もう一人の侍女に向けられた。セシールには命令さえしたくないらしい。

〝許されたからといっておめおめと〟……？

薬が盛られていたことに気付かなかったのはセシールの失態だけど、実際に悪いことをしたわけではないし、国王の謝罪まで受けている。

なのにこの言われよう。酷く傷ついたし、憤《いきどお》りのあまり思わず言い返したくなった。けれど一介の侍女が、王城の賓客《ひんきゃく》に対し文句を言うわけにはいかない。

セシールはぐっとこらえ一礼して客室から出ると、まっすぐ侍女長室へ向かった。

セシールの名誉は既に国王の謝罪によって回復している。それを夫人に改めて理解してもらうためには、侍女長に相談し、何らかの形で伝えてくれるようお願いするのが筋というものだ。侍女長に夫人が呼んでいることと先ほどあった出来事を伝えると、侍女長はがっかりしたようなため息をついた。

「……夫人のところへ行ってきます。あなたには別の仕事を用意しなくてはならないし、ここで待っていなさい」

侍女長の反応に不安を覚えたものの、言われた通りセシールはその場で彼女の帰りを待つ。しばらくして疲れた顔で帰ってきた侍女長は、気まずげに目を逸らしながら窓際に立った。

「何事もなければ、話さずに済ませたのですが」

そう言い置いてから、侍女長はセシールが王城にいなかった間のことを話し始めた。

セシールたちがクビになった後、愛妾候補《あいしょう》は正式に愛妾となり、ミゼーヌたち六人の侍女がお世話をすることになった。その数日後、薬を盛った犯人が判明し、セシールたちが冤罪《えんざい》であったという話が城内に広まる。すると侍女六人のうち、ミゼーヌを含む四人が愛妾の世話を放棄することで、セシールたちへの処遇に対し抗議。城内の多くの者たちが、国王と愛妾への反感を募らせていった。が、国王はセシールたちに謝罪し、人々に己《おのれ》の誠意を見せる。国王と愛妾は〝ご自分の間違いを自ら正す賢明な国王〟〝国王にそのような決断をさせた愛妾の鑑《かがみ》〟と評価され、それとともに今度はその愛妾の世話を放棄したミゼーヌたちが非難の的となった。

ミゼーヌたちもセシール同様、賓客たちから世話を断られていたという。やがて仕事がなくなり、非難の目にも耐えられなくなって王城を去った。ミゼーヌも今日を限りに実家に帰ったらしい。冤罪《えんざい》を受けてクビになった六人の中で、戻ってきたのはセシールただ一人。その上ミゼーヌたち四人も辞めてしまったのでは、人手不足になるのも当然だ。

「冤罪を解かれ、国王陛下から謝罪を受けたあなたまで非難されるとは思いもしませんでした。この件は上に報告しておきますから、何とかなるまで耐えてちょうだい」

「……はい」

そういう事情なら仕方がない。セシールは悔しさをこらえて返事をした。

ところが、状況は一向によくならない。

セシールはその後、洗濯物の回収や客室以外の掃除など、賓客《ひんきゃく》たちの前に顔を出さない仕事を任された。けれどセシールの容姿は既に城内に知れ渡っているらしく、廊下を歩く時でさえ、呼び止められて目障りだと言われてしまう。

仕事をさせてもらえず侍女棟に戻ってきたセシールに、侍女長は申し訳なさそうに〝静観せよ〟との上からの指示を伝えてきた。時が経てば消えるだろうからというのが理由だそうだけど、要するにセシール一人を助けるために動くつもりはないというわけだ。

国王の謝罪を受け、心のどこかでいい気になっていたのかもしれない。異例とも言える侍女への謝罪は、国王の評判を回復させるためのものであり、別にセシールたちの名誉のためのものではなかったのだ。

侍女棟の食堂から、同僚たちが噂話に花を咲かせる声が聞こえる。

「陛下はそうまでなさるほど、シュエラ様のことを大事になさっておいでなのよね」

「シュエラ様といえば、あの子たちが職務放棄するのをお許しになっただけでなく、陛下に知られないように必死にお隠しになってたっていうじゃない。ご自分に嫌がらせする者をかばうなんて、並のおひとにはできないことだわ」

セシールが中に入っていくと、彼女たちはそれに気付いて一様に肩をすくめ、声をひそめた。

見れば一緒に仕事したことのある人もいる。けれどそういう人ほど、セシールと目を合わせることを避けているようだった。親しいと思われたら同様に非難されると恐れているのかもしれない。

セシールは調理場から食事を受け取ると、誰も使っていないテーブルに着いて食事を始めた。

侍女長から愛妾《あいしょう》の評判の変わりようを聞かされた時は、正直信じがたかった。けれど先ほどのように直接耳にしてしまうと、信じないわけにはいかなくなる。

セシールが冤罪で王城から追い出される前、みんな愛妾のことならどんなことでも悪口にした。

――紅茶一杯で国王陛下を虜《とりこ》にするなんて、きっと怪しげな薬を入れてるに違いないわ。

――陛下とのお茶の席で内職ですって！　実家が貧乏なことをアピールして同情を引こうなんて、何て浅ましいの！

それが、冤罪を解かれて戻ってみると、噂は真逆のものに変わっている。

――甘いものがお嫌いな陛下にはちみつ入りの紅茶を飲んでいただけるなんて、きっとお二人の愛情の深さゆえだわ。

——内職をしなければならないほど実家が困窮しているというのに、シュエラ様は陛下に援助を求めたりなさらないそうだわ。謙虚でいらっしゃるのよね。

愛妾《あいしょう》をほめそやす言葉を耳にする度に、セシールは彼女たちに詰めよって問い質《ただ》したくなる。

みんな、あれだけ愛妾のことを嫌っていたのに、忘れてしまったの……⁉

セシールたちが愛妾に冷たい態度をとっていると言うと、〝そうして当然〟と喜んだ。人によっては、もっと意地悪しなさいよとけしかけさえした。みんな次々訪れる愛妾候補にうんざりしていたし、〝エミリア様という王妃様がいらっしゃるのに、愛妾なんてもってのほか〟と息巻いていた。

それが、何という変わりよう。


セシールに与えられる仕事がなくなると、侍女長は困ってため息をついた。

「噂が消えれば元の仕事に戻せるでしょうけど……。セシール、一旦王城から下がって、ほとぼりが冷めるのを待ちませんか？」

それを聞いて、セシールはぞっとした。

父のもとへなど、絶対に戻りたくない——

「お——お願いします！　何でもしますから、このままここに置いてください！」

深く頭を下げ必死に頼むセシールに、侍女長は困惑しながらも「仕事を何か探してみるわ」と請け負ってくれた。

その翌日、セシールは侍女長から屈辱的な報《しら》せを受け取った。

「ごめんなさいね。調理補助しか仕事を見つけられなかったの」

セシールはうつむき、口を引き結んでこの言葉に耐えた。

調理補助は下働きの仕事だ。賓客《ひんきゃく》の世話をし、王城の主要部分を歩くことを許された侍女のする仕事じゃない。けれど客に世話を断られ、視界にも入ってくれるなと言われてしまっては、他に割り当てられる仕事などないのかもしれない。

黙りこんだセシールに、侍女長は労《いたわ》りのこもった口調で話しかけてきた。

「やっぱり実家に帰ったほうがいいと思うわ。侍女なのにそんな仕事をすれば、あなたの評判がさらに傷つきかねないもの」

「──いいえ、その仕事をやらせてください」

顔を上げたセシールの瞳に強い決意が宿っているのを見た侍女長は、それ以上何も言わなかった。


父のもとへ戻らなくて済むのなら、どんな仕事にだってきっと耐えられる。

そう思って調理補助の仕事に臨んだけれど、セシールは早くもくじけそうになった。

「ちんたら剥《む》いてるんじゃないよ！　食事の支度に間に合わなくなるじゃないか！」

調理場の下働きを取り仕切る中年女性に罵声《ばせい》を浴びせられ、セシールは痛む手を必死に動かし、玉ねぎを剥く。

侍女棟の調理場といっても、ここで作られた食事を食べるのは侍女たちだけではない。侍従《じじゅう》や、メニューは違えど下働きの食事などもここで作られる。百を超える人々の食事のためには、玉ねぎなどいくら剥《む》いても足りることはなかった。一緒に作業している下働きたちは、嫌味な笑みを浮かべながら、剥き終わった玉ねぎを次々目の前の桶に放り込んでいく。

彼女たちと比べたら、セシールの仕事は確かに遅い。だが野菜の皮を剥くなんて、初めてのことなのだ。母と暮らしていた時も、一緒に住んでいた小さな部屋には炊事場などなく、セシールは母が買ってきたものを食べていた。

見よう見まねでやってみるけれど、なかなか思うように剥けない。結果、叱責を受けなければならなくなる。侍女の仕事だったらここにいる誰にも負けないと思うと、悔しくてならない。

筋の痛む手をさすりながら侍女棟に食事に行けば、「あなたが食事する場所はここじゃないんじゃないの？」と侍女たちから嘲笑《ちょうしょう》される。こんな風に仲間だと思っていた侍女たちから蔑《さげす》まれるのが一番こたえた。

侍女長が言った通りだ。侍女であるはずのセシールが下働きの仕事をしていることに、他人は侮《ぶ》蔑《べつ》の眼差しを向け、時には嫌悪もあらわにする。セシールは侍女のお仕着せを着て仕事をしているが、「侍女全体の価値を貶《おとし》めるから、下働きになったなら下働きにふさわしい服を着なさいよ」とすれ違いざま言い捨てていく人もいる。

セシールは今も侍女で、下働きになったわけじゃない。

でも、下働きに交じって仕事をして、仕事が遅いと下働きたちにうんざりされる。そんなセシールが今も侍女と言えるだろうか？

調理場で働き出してから三日目。セシールは一人野菜洗いを任されることになった。貯蔵庫からじゃがいもや人参などの根菜を運び出し、外の井戸で綺麗に泥を落として調理場に運び入れる。

この仕事は、昨日まで二人がかりで行われていたものだ。取っ手付きの桶に重い野菜をいっぱい入れて運ぶのは、一人ではキツい。それで量を減らして運べば、一度にもっとたくさん運べるだろうと罵倒される。まるで、あえて無理な仕事を押しつけ、役立たずだからという理由で追い出そうとしているかのようだ。

そんな嫌な想像に苛《さいな》まれながら、セシールはせっせと野菜を洗っては運んだ。

朝早くから仕事を始め、もう何回調理場と貯蔵庫を往復したかわからない。力を入れ続けたせいで体はがくがくと震えている。そんな自分を奮い立たせ、セシールは洗い上げたばかりのじゃがいも入りの桶を持ち上げた。

急がないと、また遅いって叱られる……

体に負担をかけすぎて、足元も覚束《おぼつか》ない。そのせいか、セシールは何かにつまずいてしまう。悲鳴を上げることすらできないまま、セシールは体勢を大きく崩した。

最初、何が起きたのか理解できなかった。

世界がひっくり返ったかのように目の前に地べたが迫り、全身に強い衝撃を受ける。

転がった桶と辺りに散らばったじゃがいも。時間が経つにつれ感じ始めた手の平や膝の痛みが、自分が今、どんな恰好をしているかを否応なしに教えてくる。

すぐに立ち上がって、洗い直さなくちゃ……

そうは思っていても、セシールは身動き一つできなかった。

疲れすぎて体を起こす気力もない。

みじめで。

どこにも居場所のない自分が、あまりにもみじめで。

「う……くっ」

喉の奥から嗚咽《おえつ》が漏れる。泣いたって仕方ないのに、涙があとからあとからこぼれてくる。


その時。

「大丈夫？」

視界に影が差して、柔らかい声が降ってきた。


見られた……！

セシールが真っ先に思ったのは、今の自分を他人に見られたくない、ということだった。セシールは、地面に倒れたままとっさに腕で顔を隠す。

「だっ、大丈夫です！　どうぞわたくしのことは捨て置き、散策をお続けになってくださいませ！」

あとになって思い返せば、ずいぶん間抜けなことを言ったものだ。視界をよぎった上質なドレスの裾から相手の身分が高いことはわかっていたが、侍女棟裏手の調理場周りは使用人たちの通り道で、高貴な身分の者が散策の折にふらっと立ち寄るような場所ではない。

けれどこの時は、早く立ち去って不様な姿を忘れてもらうことしか頭になかった。

「……そう？」

困惑した声と同時に、腕と地面の隙間からドレスの裾が揺れるのが見えた。ふと空気の流れが、香水の甘い香りを運んでくる。

離れていく気配にほっとしたのは束の間だった。

「シュエラ様！　そのようなことなさらないでください！」

先ほどの女性の声とは違う、高めの細い声。その声が呼んだ名前に、セシールはぞっとして身を強張らせる。

どうしてここに——？

王城に戻って来てから、心優しいよくできた人物だと散々噂で聞かされている。けれど、何度声をかけられても冷たくあしらったセシールを恨んでないわけがない。自分のしたことが間違いだったと気付いている今、できれば二度と会いたくない人物だった。

「でもこんなに散らばってしまったから、手伝ってあげないと……」

「わかりました！　あたしたちがしますから、シュエラ様は離れたところで待っててください！」

甲高い三人目の声がすると、それを先ほどの細い声がたしなめる。

「カチュア、そんな言葉遣いしちゃダメよ。シュエラ様に失礼だわ」

ごろんごろんと、桶にじゃがいもが放り込まれる音がする。

その音にはっと我に返ったセシールは、自分でもこんな力が残っていたのかと思うくらい、勢いよく体を起こす。そして周囲のじゃがいもをせっせと拾い始めた。

「こっこれはわたくしの仕事ですから、どうぞお構いなく……っ」

情けなさに声が上ずる。シュエラ付きと思われる二人の侍女がいるが、彼女たちの顔すらまともに見られない。

三人でかかれば、拾い終えるのはあっという間だった。

セシールがどんなに言っても、侍女二人は手伝うのをやめなかった。それどころか洗い上がったじゃがいもを桶に全部入れると、二人で持ち上げて半地下の調理場に運んでいく。

疲れのせいで満足に動けないセシールは、彼女たちを止めることができなかった。

さほど時を置かず戻ってきた二人の後ろから、下働きを仕切っていた中年女性が姿を現す。

「高貴なお方がこのようなむさくるしい場所にお越しとは！　そこの者が粗相《そそう》をやらかしたそうで申し訳ありません」

頭を下げる女性に、愛妾《あいしょう》は以前と変わらぬおっとりとした口調で答える。

「いいえ、ただ通りかかっただけなの。それで、この子を連れていってもいいかしら？　傷の手当てをしてあげたいの」

「ええどうぞ。どこへなりと連れて行ってくださいな」

女性は喜んで返事をすると、セシールに対して小ばかにするような笑みを向けた。

「あんたもう、来なくていいから」

せいせいしたように言い捨てた女性は、愛妾《あいしょう》に一礼して調理場に戻っていく。

クビに、なったの……？

セシールは呆然とその後ろ姿を見送った。この仕事場に未練があるわけじゃないけれど、ここで働けなくなったら一体どこに行けばいいというのか。

「シュエラ様が先に手を洗ってくださったら、あの子の傷口を洗いますから」

「いろいろ頼んでしまってごめんなさいね」

打ちひしがれるセシールには、背後で交わされる愛妾と侍女の会話が、まるで他人事のように聞こえた。


愛妾――シュエラを恨むなんて筋違いだ。

冤罪《えんざい》の一件では彼女も薬を盛られた被害者だし、今回のこともただ親切にしてくれただけなのだから。セシールが働く場所をまた一つ失ったのは、調理場の女性が元々自分を追い出したがっていたからで、シュエラとは関係ない。

そうは思っても素直に感謝する気にはなれなくて、セシールは黙ったまま、前を歩くシュエラについていった。二人の侍女のうち勝気そうな侍女のほうが、そんなセシールに気付いてか、ちらちらと非難めいた視線を向けてくる。

シュエラ様は覚えてらっしゃらないのかしら……？

候補であった頃、自分に冷たくしていた侍女の一人だとわかっていたら、こうも親切にしてくれ

ると は思えない。

向かった先は侍女長室だった。驚いている侍女長に、シュエラはセシールの怪我の手当てさせてほしいと頼む。侍女長が出してきた道具を使って、先ほどのか細い声の侍女がセシールの怪我の手当てを始めた。

手当ての間、おっとりとした声が聞こえてくる。

「それでこの子――セシールと言ったかしら？　セシールをわたくしの侍女に欲しいの」

セシールはその言葉に身を強張らせる。さすがにマズいと思ったのか、侍女長も口ごもった。

「セシールをですか？　ですが、その……」

「わたくしの世話をしてくれる侍女が足りていないの。それにさっき働いていたところでセシールは〝もう来なくていい〟って言われていたから、あそこには戻らなくてもいいと思うわ」

当人が傷つくことを、この愛妾は嬉しそうに語る。けれど問題はそういったことではない。

「いえ、その……」

侍女長が言い淀《よど》むと、シュエラの笑顔は憂《うれ》いを帯びた。

「――わたくしが愛妾候補だった頃に、世話してくれていた侍女だからってこと？」

やっぱり、覚えてたんだわ……

例の事件からまだひと月。冷たくされた記憶もまだ鮮明だろうに、何故セシールを侍女に望むのか。

「侍女長やセシールに不都合がなければ、わたくしはぜひお願いしたいわ」

「待ってくださいシュエラ様。ヘリオット様――とマントノン夫人にまず確認しないと！」

勝気そうな侍女はそう言って、主人の返事をもらわないまま侍女長室から飛び出していく。

侍女長は彼女を叱る間もなかったことにため息をついてから、遠慮がちにシュエラに話しかけた。

「……本当によろしいのでしょうか？　セシールが素晴らしい侍女であることは保証します。ですが、その……冤罪《えんざい》事件の影響で、セシールのことを悪く言う方々もいらっしゃるのです」

「だからこそ、わたくしの侍女にしたいのです」

侍女長にきっぱりと告げると、シュエラはしゃがみ込み、うつむくセシールの顔を覗き込んだ。

「あなたには申し訳ないことをしてしまったと思っているの。わたくしが一言〝苦い〟と言っていれば、あんなことにはならなかったでしょうに」

シュエラの申し出はありがたい。けれどその優しさにすがる資格はセシールにはない。

「……あなた様のせいではありません。わたくしがあなた様に冷たい態度を取り、距離を置こうとしたのは事実です。そのようなことをしたわたくしを、あなた様は許すとおっしゃるのですか？」

自ら希望を断ち切るつらさをこらえながら、セシールは言葉を絞り出す。

手当ての済んだ両手を膝の上で握り合わせていると、その上にシュエラの手の平が重ねられた。

「たったそれだけのことにしては、受ける罰が重すぎると思うの。……だからどうか、わたくしに罪滅ぼしをさせて」

そう言って微笑むシュエラを見て、セシールの目に再び涙があふれる。

この方は、どうしてこんなに優しくなれるの……？

どう考えたってシュエラは何も悪くない。なのにセシールを許すばかりか、行き場をなくしたセシールを引き受けようとするなんて。

胸が詰まって返事ができない。

流れ出したセシールの涙を、シュエラは自分の白いハンカチで拭ってくれた。


シュエラの世話係を務める侍女は、セシールを入れて五人になった。

最初にいたのは、先日野菜を運ぶのを手伝ってくれた勝気そうな赤毛のカチュアと、大人しそうな薄茶の髪のフィーナ。二人とも裕福な商家の娘だ。普通平民は侍女になれないのだけれど、フィーナの母方の祖父が子爵だったためその伝手《つて》で侍女になった。セシールたちがクビになった後にシュエラの食事係を任された二人は、他の四人の侍女が職務放棄している最中もきちんと仕事をこなした。そのことが評価され、平民出身でありながら国王の寵姫《ちょうき》の世話係に昇格したという。

あとの二人は、子爵家令嬢のカレンとマチルダ。赤みがかった黒髪のカレンは十八歳でシュエラと同い年、少しクセのある黒い髪をしたマチルダはセシールと同じ十七歳だ。シュエラの側に安心して置けるような侍女があまりいないため、国王側近であるケヴィンが親せき筋に当たる二人を王城へ呼んだらしい。

仕事の割り振りを考えると、あともう少し人数が欲しいところだ。けれど噂に惑わされてころころ態度を変える人間は信用できないからと、人選が進んでいないのだという。

噂に惑わされたという点では、セシールも同類だ。けれどシュエラはもちろんのこと、先日シュエラ付きの女官になったマントノンも、侍女のみんなも、そのことを気にせず普通に接してくれる。

セシールが再びシュエラの侍女になってから数日後。国王がお茶の時間にシュエラの部屋を訪れた際、同行したケヴィンがシュエラに話しかけた。

「シュエラ様に頼まれた、カチュアとフィーナに結婚相手を紹介してほしいという件ですが、何人か乗り気なようなので、わたしか父が間を取り持ち、二人の父親に話を持っていこうと思います」

黒髪に紺色の目をした、飛びぬけて背の高い国王側近ケヴィンは、国王の相談役として国政を支える三公爵の一人、クリフォード公爵の嫡子《ちゃくし》である。

国王にはもう一人側近がいるが、今日は一緒に訪れていない。

セシールは訳がわからないまま、話に聞き入っていた。様子からして、どうもセシールが再度シュエラの侍女になる前に、何かしらの話が交わされたらしい。

ケヴィンの言葉を聞いて、カチュアが慌てて話に割って入る。

「え？　ちょっと待ってください。父親に話が行っちゃうんですか？」

「カチュア、お話の最中に口を挟むとは何事です」

カチュアをすかさず注意したのは、女官のマントノンだ。髪に白いものが交じり、顔に深いしわのあるマントノンは、なかなか言うことを聞かないカチュアに普段から手を焼いている。

カチュアはわざとらしく背筋を伸ばし、大きな声で言った。

「申し訳ありません！　お話し中に失礼いたしますが、よろしいでしょうか？」

一向に直らないカチュアの態度に、うんざりしたようにマントノンはため息をついた。

「そういう態度もやめなさい」

お小言が始まりそうになったのに気付いて、シュエラが取りなした。

「マントノン夫人、今回だけは見逃して。——カチュア、何かいけないことでもあるの？」

「あ、はい。てっきりあたしたち自身に話を持ってきてもらえると思ってお願いしちゃいましたが、父親を通すならフィーナのほうはなかったことにしてほしいんです。ウチの父親は〝自分で結婚相手を見つけてこい〟って言ってたくらいだからあたしの意見も聞いてくれるだろうけど、フィーナの父親はフィーナの意に染まない縁談でも、得だと思うと平気で進めちゃうタイプだから。そんな風に勝手に縁談を進められちゃう前に、フィーナが相手を選べたらいいなって思ったんです」

このカチュアの言葉は意外だった。いつも言いたいことを遠慮なく言うし、シュエラに対しても時々横柄な態度を取るし、彼女には何となく自分勝手という印象が強かった。けれど基本的に引っ込み思案なフィーナを気遣うなんていいところがある。

シュエラは、カチュアに「ごめんなさい」と言いかけ、慌てて口を閉ざした。「身分が下の者に簡単に謝ってはいけません」とマントノンにいつも言われているのを思い出したのだろう。一度言葉を呑みこんでから言い直す。

「もっとよく話を聞いてから、ケヴィン様に相談すればよかったわね。——ケヴィン様、今からだと難しいと思いますが、取り消していただくことはできるでしょうか？」

ケヴィンは顎《あご》に手を当て、少し考えてから答えた。

「そうですね……縁談の取り持ちを頼みに来る者があったら、〝まだ若いし、人手不足が解消するまでしばらく侍女を辞めさせられなくなった〟と断りを入れましょう。別の縁談を用意してやれば、文句を言う者はないかと思います」

「そうしていただけます？」

シュエラはほっとしたように、両手の指先を口元で重ね合わせる。

「そういうことなので、一方の縁談だけを断るわけにはいきません。したがって、二人ともこの話はなかったことにさせていただきます」

ケヴィンが淡々と付け加えると、カチュアはがっかりして肩を落とした。

「うーん、残念。あたしとしては、もっと軽いお付き合いからって考えてたんだけどなぁ」

堪忍袋の緒が切れかかっているのだろう。マントノンは苛立った声で言う。

「カチュア、縁談に軽いも重いもありません。縁談とは、通常仲介者を挟んで親同士で決められるものです。そのようなことを女性であるあなたから言い出すなどはしたない。言葉遣いを改め、日々の仕事に励みなさい。そうした姿を見た人から話が伝われば、自然と良縁は舞い込んでくるものなのです」

カチュアは不満げに口をすぼめた。

「そうは言いますけど、貴族と縁続きなフィーナはともかく、あたしはまるっきりの平民なんですよ？　美人でもないのに誰かに見初《みそ》めてもらうのを待ってたんじゃゃ、縁談なんてまとまるわけないじゃないですか」

その時、国王が忍び笑いを漏らした。

「どうかなさったのですか？」

シュエラが不思議そうに尋ねる。金茶の髪に群青色《ぐんじょういろ》の目、そして精悍《せいかん》な顔立ちをした国王シグルドは、にやりと笑って答えた。

「いや、以前似たようなことを申した者がいたのを思い出してな。確か〝見栄えのする顔でもなく〟とか何とか」

それを聞いた途端、シュエラは頬を赤らめてうつむいてしまう。

お二人の間で何かあったのかしら……？

それにしても、シュエラの反応はまるで乙女のようだ。

国王と正式な婚姻関係にない愛妾《あいしょう》は、実質的な夫婦関係を結ぶことによって愛妾として認められる。つまり、シュエラはシグルドのお手つきになったはずなのだけど。

それにしては初々《ういうい》しすぎるのよね……

貴族に仕えていた間はもちろん、母のもとにいた頃から男女の駆け引きを垣間見てきたセシールには、二人がそのような深い仲であるように見えない。けれど誰もそれを指摘しないので、黙っておくことにしていた。


数日後、シュエラの昼食が済んだあと、西館の配膳室に食事のワゴンを戻したセシールは、先にずんずんと歩いて行ってしまったカチュアのあとを急ぎ足で追った。

カチュアもセシールもこれから昼休憩に入る。こういう機会は滅多にないから、一緒に侍女棟で食事をして、少しでも打ち解けられればと思っている。

シュエラに調理場から助け出された日、カチュアはセシールに非難めいた視線を送ってきた。それ以降も、自分からは話しかけてこないし、室内で整列する時もフィーナを間に挟んだりして、セシールと距離を置こうとする。あの時セシールがシュエラに感謝の気持ちを示さなかったことが理由なら、今はすごく感謝していることを伝えて、彼女の誤解を解きたかった。

見苦しくない程度の早歩きで西館から本館を通り抜け、東館への連絡通路に出ると、カチュアが侍従《じじゅう》の制服を着た何人かに道をふさがれているのが見えた。

「遊ぼうって誘ってきたのはそっちなのに、何で断るんだよ？」

「遊ぶなんて言ってやしないわ。結婚相手を紹介してくださいってお願いしたの」

カチュアは怒りを押し殺したような声で言い返す。まずいことが起きていると感じ、セシールはさらに足を速めた。

「平民が貴族から相手を探してるもんだから、てっきり愛人になりたいのかと思ったよ。貴族の血を引くもう一人ならともかく、貴族とは縁もゆかりもないおまえが貴族と正式に結婚できるわけないじゃないか」

聞き覚えのある声とともに、彼らの間から嘲笑《ちょうしょう》が湧く。

貴族相手では平民のカチュアは不利だ。セシールは間に割って入り、カチュアをかばうように立った。

「キース様。あなたにはフォニアという婚約者がいたはずです。それなのに遊び相手を探すなんて、不謹慎だと思いますが」

そう言いながら、見知った相手に視線を定める。

ヴァンブルー子爵の嫡男《ちゃくなん》キース。愛妾《あいしょう》候補だった頃のシュエラにセシールとともに侍女として仕え、冤罪《えんざい》をかけられたフォニアの婚約者だ。淡い金髪に緑の瞳を持つ端整な顔立ちの彼は、侍女の間でも密かに人気があった。

が、フォニアに紹介してもらった時、セシールは彼に好感を持つことができなかった。婚約者であるフォニアを自分の所有物として扱い、そのくせ大事にしようという態度がかけらも見えなかったからだ。今も不義を働こうとしたのを恥じることなく、指摘したセシールに蔑《さげす》みの笑みを向けてくる。

「セシールじゃないか。国王陛下のご不興を買ったあげく、下働きに交じって野菜の皮を剥《む》いてた」

セシールは悔しさをこらえて唇を噛む。

侍女でありながら下働きをしていたことを、いつか誰かに言われると覚悟はしていた。けれどカチュアを守らなくてはいけないこの場で、それを言われてしまうなんて。

言い返す言葉も見つけられないセシールに、キースはさらに追い打ちをかける。

「こんな女と結婚しなくて済んでよかったよなぁ、アレン！」

キースに引っ張られて他の侍従たちの前に立たされたのは、セシールの元婚約者、アレンだった。

ウェーバー子爵の嫡男《ちゃくなん》アレンは、城内で働くセシールを見初《みそ》め、両家の父親を通じてセシールに結婚の申し入れをしてきた。セシールがそのことを知ったのは、その縁談が成立した後にアレンが会いに来てくれたからだった。彼はセシールが彼女の父から何も聞かされていなかったことに驚き、経緯を教えてくれた。あの父なら手放しで喜びそうな縁談だ。話が持ちこまれて早々にまとめてしまったに違いない。家同士で決まってしまったことなら、セシールがどうあがいてもなかったことにはできない。さいわいアレンは優しく真面目な人柄で、すれ違った時に一言二言言葉を交わしているうちに、セシールも徐々に心を許すようになった。

そんな折だった。セシールに愛妾《あいしょう》候補の世話係の話が舞い込んできたのは。

誰でもいいから国王に愛妾を持たせたいという貴族の思惑によって、見目麗《みめうるわ》しい侍女が集められていた。そのうちの一人に選ばれたセシールは、愛妾の世話をするうちに国王の目に留まれば、自身が愛妾になることも有り得ると聞かされる。そんなおこがましいことを望んだわけではないが、愛妾になる可能性を完全に否定できないのにアレンとの婚約を続けるのは不誠実だと思った。

それでセシールは、婚約を解消してもらうよう直接アレンにお願いした。セシールには無理でも、アレンからならば解消できるかもしれないと思って。

——婚約を解消するのは、君が愛妾になることが決まってからでは駄目なの？

黙ってうなずくセシールに、アレンは「わかった」と一言だけ告げ、その数日後に婚約は解消となった。

アレンは、気まずげにセシールから目を逸らす。その態度に、セシールの胸はずきんと痛んだ。

キースはアレンの肩に腕を回し、嫌味な笑みを浮かべて言う。

「おまえはよかったよなぁ。先に婚約を解消しておいて。俺なんか一度は陛下のご不興を買った女を妻にしなきゃならないんだぜ。何が名誉だよ。醜聞にまみれた女を押し付けられただけじゃないか」

腹が立ったけれど、セシールにできる反論など何一つなかった。

自分が薬を盛ったわけではないが、薬が盛られていたのに気付かなかったのは、侍女として恥ずべきことだ。いつも食事を残すことをためらっていたシュエラが、あの時は紅茶とパン以外一口ずつしか口にしなかった。それに気付いていながら、セシールは何故食べないのかと尋ねることさえしなかった。あの時一言尋ねていれば、こうして侮辱されることもなかっただろうに。

後悔に心が塗りつぶされそうになったその時、カチュアの声がそれを吹き飛ばした。

「国王陛下に言いつけちゃおっかなー。陛下が謝罪してまで名誉を回復しようとした人たちを罵《ののし》ってる人がいるってさ」

さすがにそれはマズいと思ったらしい。キースはぎくっと顔を強張らせた後、すぐに取り繕うような笑みを浮かべる。

「おいおい、おまえがそれを言うのかよ」

何やら含みのある言葉に、カチュアは怯《ひる》むことなく言い返した。

「あたしが何？　あたしは知ってることを話してるだけだわ。それで誰かの名誉が傷つくなら、話されてマズいことをしでかした人が悪いんじゃない。あなたたちも、今していることを吹聴《ふいちょう》されたくなかったら、今すぐここを去ることね」

国王の寵姫《ちょうき》の侍女を弄《もてあそ》ぼうとしたと知られれば、相手が平民であっても不利になると判断したのだろう。キースを含む何人かが「平民風情が」などと悪態をつきながら去っていく。

アレンは、傷ついた表情を隠せないでいるセシールを何度も振り返りながら、彼らのあとについて東館へと入っていった。


アレン様には、知られたくなかった……

王城にいるのだから、知られずにはいられないとわかってはいた。それでも、彼だけにはセシールが下働きをしていたことを知られたくなかった。去り際に心配そうな顔をしてくれたけれど、多少なりともセシールに対し失望を覚えたに違いない。誰に蔑《さげす》まれるより、セシールにはそれが一番こたえた。

その場で動けないでいるセシールに、カチュアが背後から声をかけてくる。

「念のため言っておくけど、今のことは他言無用だからね。シュエラ様が知ったら、きっとご自分を責めるから」

振り返った時には、カチュアは早足でセシールの横を通り過ぎ、先へ歩いていってしまった。今から向かう食堂は、東館の向こうにある侍女棟の一階にある。

そんなカチュアの後についていきながら、セシールは言った。

「あ、ありがとう。助けるつもりで割って入ったのに、逆に助けられちゃったわね」

それを聞いたカチュアは、急に足を止めた。

「あんたを助けたつもりはないわ」

低い、怒りのこもった声に、セシールは胸に痛みを覚えて立ち止まる。

カチュアは振り返り、憎悪のこもった瞳でセシールを見据えた。

「さっきのはあたし自身、腹が立ったからやりこめてやっただけよ。奴らのことも嫌いだけど、セシール、あんたのこともあたしは嫌い。一カ月もの間冷たくあしらってたくせに、シュエラ様に救いの手を差しのべられて、その手をあっさり取っちゃうあんたって何様？　図々しい。あの時のことちゃんと謝った？　謝ったわけないわよね。謝れるだけの神経があったら、シュエラ様の厚意に甘えようなんて思うはずないもん。あの頃、陛下が連日お越しだったかもしれないけど、シュエラ様は一日のほとんどの時間をあんたたちとしかいられなかったのよ。なのにあんたたちに無視されて、どれだけ孤独だったと思う？　大家族の中で育ったシュエラ様にとって、一人ぼっちで毎日を過ごすのはめちゃくちゃこたえたに違いないのよ！」

――シュエラ様に悪いことしたと思うなら、謝って、シュエラ様の前から去ることね。

そう言って再び歩き出したカチュアを、セシールは追うことができなかった。

王城に上がったシュエラが、その翌日、意気込んで尋ねてきたことを思い出す。

——あなたたちのお名前は何と言うの？

一時的に滞在するだけの賓客《ひんきゃく》が侍女の名前を尋ねるのは、その侍女を気に入った時だけだ。愛妾《あいしょう》候補に名前を呼ばれて、お気に入りだと噂されるのはまっぴらだ。そう思って、名乗ることはしなかった。お世話も最低限に留《とど》めて決して親しくしようとはせず、そうすることで仕事と城内で働く人々の感情との間で、上手くバランスを取ろうとしていた。

シュエラがどんなに寂しい思いをしているかなど、考えもしなかった。こうして再び侍女にしてもらい、感謝していた今もなお。

カチュアの言う通りだ。自分の非を謝罪せずに、厚意に甘えるなんて図々しい。

指摘されたことがショックで、体が硬直してこの場から動けない。羞恥のあまり、足元を見つめる目に涙が滲んでくる。

声をかけられなかったら、いつまでもそうしていたかもしれない。

「大丈夫？」

奇《く》しくも再会した時のシュエラと同じ言葉をかけてきた人物は、以前にもセシールを助けてくれた人だった。

冤罪《えんざい》をかけられた際、真夜中であるにもかかわらず、国王シグルドはセシールたちを王城から追い出せと命じた。そのシグルドの命令を無視して一晩王城に留まらせてくれたのが、シグルドのもう一人の側近であるこの人物——ヘリオットだった。

あの時、恐怖で神経が麻痺《まひ》していたセシールがぼんやり見上げると、薄茶色の少しくせのある髪と緑色の目をした彼が、人好きのする柔和な顔でにこっと微笑みかけてきた。

その笑み一つに、セシールの心はどれだけ救われたか知れない。

それ以降、彼とはシュエラの居室以外では滅多に行き合わなかった。が、よりによってそんな人にまた恥ずかしいところを見られてしまうなんて。セシールは慌てて涙を拭って顔を上げた。

「だ、大丈夫です。失礼いたしました」

「そう？　ところで、カチュアちゃんを見なかった？」

「カ、カチュアなら、今ここを通って食事に――」

カチュアの名前を聞いた途端、セシールは動揺して、こらえきれず涙をこぼしてしまう。

「おいで」

ヘリオットはそう声をかけると、連絡通路を外れて東館前の広場に出る。そこは職務の合間に侍従《じじゅう》たちが剣の稽古をする場所になっていたが、今は食事に行っているのか人影はなかった。

セシールはヘリオットに勧められるまま、その広場の隅に置かれたベンチに座った。

隣に座ったヘリオットが、腿《もも》に肘を置いて前屈《かが》みになり、労《いたわ》りのこもった笑みを向けてくる。

「何があったの？　俺でよければ相談に乗るよ。――涙が止まらなきゃ、仕事できないでしょ？」

以前助けてもらい、彼に対する心の垣根が低くなっていたのか、それとも優しくされることにまだ飢えていたのか。セシールはカチュアに言われたことから、ずっと心の内に溜めこんでいたことまで、何もかもすっかり話していた。

ずいぶん長いこと話していたはずなのに、ヘリオットは最後まで辛抱強く話を聞いてくれた。

「それはつらかったね」

この言葉に、新たな涙が溢れてくる。

シュエラも、一緒に働く侍女たちもカチュア以外は親切だけれど、心の中を打ち明けられるほど親しくなれたわけではなかった。セシールのしたことを考えれば、シュエラはもちろんのこと、侍女のみんなにもそこまで仲良くなってほしいとは望めない。

これまでだって、心の内を話せる相手はいなかった。

以前仕事で一緒になった侍女たちも、王城に勤める前に働いていた貴族の邸《やしき》の使用人たちも。母だってそんなにかまってくれる人ではなく、話をした記憶すらほとんど残っていなかった。

だからこうして話を聞いてくれて、理解を示す言葉をかけてもらえて、セシールはどんなに自分が理解されたいと願っていたかを思い知る。

うつむいてまた泣き出したセシールに、ヘリオットは穏やかな声で話しかけてきた。

「あのね、慰めになるかわからないけど。冤罪《えんざい》で君たちの名誉を傷つけてしまった時、国王陛下もご自身の評判を傷つけてしまったんだ。罪のない者を不当に罰したということで、王城のそこかしこで陛下への非難の声がささやかれてさ。あの時損なわれた評判は、今もまだ完全に回復したとは言えない。でも、陛下はおっしゃるんだ。〝地道にこつこつと誠意を積み上げていく〟って」

不思議に思い、セシールは顔を上げて尋ねた。

……胸が痛い？　どうして？

「カチュアちゃん、そういえばここで油売っててよかったんだっけ？」

「いけない！　もう戻らなきゃ」

ど、どうしよう。ここにいるのを見られたら――

今から歩き出しても、会話を聞いていたのがバレバレだ。この通路は一直線で、視界を遮《さえぎ》るものもない。セシールは周囲に目を走らせ、カチュアたちがいる方向とは反対側の生垣に飛び込んだ。

そちらの生垣は腰丈までしかないため、セシールはその陰にしゃがみ込んで身を隠す。

セシールの焦りをよそに、二人はのんびりとしたやりとりを続けていた。

「あ、忘れるところだった。これ」

「わぁ！　ありがとうございます！」

何だろう？　気になるけれど、覗いたりして見つかるわけにはいかない。

すぐに葉擦れの音が響いた。二人が小道から出てきたのだろう。会話がさっきより近い。

「それじゃあ仕事に戻ります。ありがとうございました！」

「頑張ってね」

連絡通路の石畳を歩く軽快な靴の音。それは何故か一人分で、もう一人の足音は聞こえてこない。

ヘリオット様はどうしたのかしら……？

今の軽やかな足音は明らかに女性のものだ。

もうすぐセシールも休憩時間が終わる。だから早くシュエラの居室に戻らなければならない。このままここにいるわけにもいかなくて、セシールは生垣の上からそろそろと様子を窺《うかが》う。

すると、連絡通路に立っていたヘリオットと目が合った。

今さら隠れても仕方ないけれど他にどうしたらいいかわからず、セシールは再びその場にしゃがみ込む。石畳、そして剥《む》き出しの地面を歩く重たい足音が近づいてきたかと思うと、セシールの耳元でがさっと葉擦れの音がした。

「盗み聞き？　いけない子だな」

生垣の上に手を置いて、ヘリオットはセシールの上に屈《かが》みこんでくる。セシールはどぎまぎしながら、彼から少しでも距離を取ろうとして身を縮込ませた。

「い、いえ、その……」

「わざわざ足を止めて聞き入ってたでしょ？　カチュアちゃんは話に夢中で気付かなかったみたいだけど」

カチュアの足音が響いていたのだから、セシールの足音だって聞こえてもおかしくはない。ヘリオットが気付いていながら会話を続けていたと知って、恥ずかしいやら腹立たしいやら、訳のわからない気分になる。

「こんなところでしゃがみ込んでるのを見られたら、また変な噂になっちゃうよ？」

ヘリオットがそう言って体を起こすので、セシールも観念して立ち上がった。

彼は盗み聞きしてしまったセシールを、どうするつもりなのだろう。

半ば投げやりな気持ちでヘリオットの言葉を待っていると、彼は自分の上着のポケットをごそごそ探り始めた。

「手、出して」

何事もなかったかのようなあっさりした口調に、セシールは顔を上げてぽかんとする。

目の前に突き出されたのは握りこぶし。とっさにそれを受けるように両手の平を差し出すと、ヘリオットはその上でこぶしを開いてぱらぱらと何かを落とした。

「え？　えっ？」

「カチュアちゃんにあげたから、君にも」

ヘリオットはそう言ってセシールに背を向け、連絡通路に戻り本館に向かって歩き出す。

その場に取り残されたセシールは、どうしていいかわからず途方に暮れた気分で、ヘリオットの背中と手の上のものを交互に見つめるしかなかった。

その後、一日の仕事を終えて自室に戻ったセシールは、スカートのポケットにしまっておいたものを机の上に置いた。

小さなランプが放つオレンジ色の光の中に転がるのは、リボンの形にひねった油紙の包みが三つ。

そのうちの一つを手に取り、両端を引っ張って開いてみる。

中から出てきたのは、親指大の、透き通った黄金色《きんいろ》の飴《あめ》だった。

カチュアが何を受け取っていたかという謎は解けたけれど、今度は何故ヘリオットがこれをカチュアに渡したのかという謎が生まれる。「忘れるところだった」とはどういう意味だろうか？

何の変哲もない、裕福な商家の娘であるカチュアだったら、簡単に手に入るだろう飴。

「訳わかんない……」

落ち着かない気分をつぶやきと一緒に吐き出してから、セシールは手の中の飴を口に含む。

舌の上で転がすと、はちみつ独特の甘さが口の中に広がった。


――盗み聞き？　いけない子だな。

覆い被さってくるようにして、ヘリオットはささやいた。

吐息のような掠れた声と、耳元をくすぐる温かい息。

思い出すたびに頬が熱くなってしまうのに、気を抜くといつの間にかそのことを考えている。

将来を誓い合った相手でもないのに、あんなに近づかれてどきどきしてしまうなんて――

我に返っては、セシールははしたない思いを頭から追い払う。

しばらくの間そんな風だったから、セシールはヘリオットとはなるべく会いたくなかった。

けれどそういう時に限って、普段すれ違うことのないその人と廊下でばったり出くわしてしまう。

セシールは動揺を悟られまいとして、目を合わせないよう軽く頭を下げて通り過ぎようとした。

なのにヘリオットは、セシールの手首を捕えて引き止める。

「どこに行くの？」

「あ、か、仮眠に……」

「じゃあちょっとなら時間あるね。ついてきて」

夜番《よばん》の日は、お茶の時間のすぐ後に仮眠に入る。シュエラの寝支度を整える時間に間に合うように起きて夕食をとり、それから仕事に戻ることになっている。仮眠は一、二時間もあれば十分だから、時間はあるにはある。

それにしても。

配膳室のほうへ大股に歩いていくヘリオットについていきながら、セシールは自らの手首に触れる。たった今掴まれた手首が、熱を持ったように痛かった。誰かに見られていたらと思うと、ひやひやして落ち着かない。男女が人目につかないところで会っているだけで、関係を疑われるのがこの国の貴族社会だ。

どういうつもりなのかしら……？

ヘリオットの考えていることが、セシールにはさっぱりわからない。

「あの……どこに行くんですか？」

ヘリオットの後ろからセシールはおずおずと尋ねる。少し振り返ったヘリオットは、セシールが早足でついてくるのに気付いて歩調を緩めた。

「お茶を給仕してもらいたい客がいるんだ」

それを聞いて、セシールの足は鈍《にぶ》る。

——あなたはもういいから出ていって！　目障りよ！

賓客《ひんきゃく》の一人にそう言われてから、まだ一カ月しか経っていない。今もまだ、セシールにまつわる悪い噂は消えていないのに。

またあんな風に侮辱されたら——

セシールの足が完全に止まってしまうと、ヘリオットはセシールの前に戻ってきた。

「どうしたの？」

「わ、わたくしは行かないほうがいいと思います」

ヘリオットは、うつむくセシールの顔を覗き込むように顔を傾けてくる。

「何で？」

「何でって……」

わかっているでしょう……？

察してほしいという思いを込めてヘリオットを見上げたが、彼は何も言わずセシールを見つめ返してくるばかり。その視線に負け、セシールは屈辱感をこらえて打ち明けた。

「そ、その、以前お世話を拒まれたことがあって、わたくしを連れていくとヘリオット様にもご迷惑が……」

セシールは言い淀《よど》み、またうつむいてしまう。そんなセシールに、ヘリオットは労《いたわ》りではなく非情な言葉をかけてきた。

「君は今も、人前からこそこそ逃げ出さなくちゃならないような悪いことをしてるの？」

「い……いいえ！」

言葉を詰まらせながら、必死に否定する。

今は他人に顔向けできないことは何一つしていない。仕事は真面目にしているし、シュエラのことを第一に考えている。けれど人は忘れてくれない。愚かだったセシールを許してはくれないのだ。

目に涙を滲ませたセシールの顔を、ヘリオットは身を屈《かが》め、今度はしっかりと覗きこんできた。

「じゃあ、そんな風に逃げてないで、堂々としていればいい。そうやって自分を卑下《ひげ》するのは、君を助けて侍女にしてくれたシュエラ様に対して失礼だと思わない？」

そうはおっしゃるけど……

また侮辱されたら、それはそれでシュエラの評判に傷が付いたりはしないのだろうか？

セシールが悩んでいると、ヘリオットは体を起こしておどけた口調で言った。

「それに君、先に報酬を受け取ってるじゃないか」

「報酬、ですか？」

何のことだかわからず、セシールは顔を上げて首を傾げる。するとヘリオットは、目を細めて楽しげな笑みを浮かべた。

「美味しかった？」

「あの……はちみつ味の飴《あめ》のことですか？」

「そう。カチュアちゃんにもお駄賃であげたんだから、君にも働いてもらわないと」

〝忘れるところだった〟って、そういう意味だったんだ……

どうやらカチュアは彼に用事を言いつかって、その報酬として例の飴《あめ》をもらったらしい。

不意に謎が解けてぽかんとしていると、ヘリオットはきびすを返して再び歩き出す。

「じゃ、行くよ」

「え、あの……！」

引き受けますとは答えていないけれど、国王の側近であるヘリオットに言われた以上、付いていくしかない。

お茶のワゴンを押して訪れた、西館二階の一室。セシールはヘリオットに言われるまま、その客室にいた侯爵とヘリオットのためにお茶を淹《い》れ始めた。すっかり白くなった髪を撫《な》でつけたその侯爵は、気難しいことで有名だ。失敗しないようにと緊張するあまり、手が震えてしまいそうになる。

──薬が盛られた食事を平然と出す侍女の淹れた紅茶なんて、飲めたものじゃないのよ！

あの時の夫人と同じように、今目の前にいる侯爵もまた、セシールの給仕を拒もうとした。

「ヘリオット、君はわたしに毒を盛るつもりかね？」

「そのためにわたしがこの侍女に給仕を任せたと？　わたしのことはどう言われても構いませんが、シュエラ様のお気に入りの侍女を侮辱することは、シュエラ様を侮辱することにもつながりますよ？」

侯爵は不満げに黙り込んだ。そんな侯爵に、ヘリオットは落ち着き払った優雅な微笑みを向ける。

「彼女の淹れる紅茶は、シュエラ様だけでなく陛下もおほめになるほどなんですよ。ですから、わたしは以前より彼女の紅茶が飲める機会を狙っていたんです」

国王シグルドがセシールの淹れた紅茶をほめたのは事実だ。ただしそれは、シュエラがほめた言葉にシグルドが同意しただけのこと。シュエラが侍女の長所を見つけてほめるのはいつものことだ。

ヘリオットにそんな風に言われ、もし侯爵を納得させるだけの紅茶を出せなかったらと思うと、手の震えは一層激しくなる。

せっかくヘリオット様がチャンスをくださったんだから、しっかりしなきゃ――

冤罪《えんざい》の一件以降、シュエラに助けてもらうまで、賓客《ひんきゃく》たちの視界に入ることすら許されなかったセシールにとって、これは名誉挽回のチャンス。シュエラのため、ヘリオットのためにも、失敗するわけにはいかない。

慎重かつ丁寧に紅茶を淹《い》れたセシールは、侯爵のほうを向いて尋ねた。

「お砂糖やミルクなどは、いかがいたしますか？」

侯爵がためらっていると、ヘリオットが先に答えた。

「国王陛下は普段何もお入れにならないから、わたしはこのままいただくよ」

「……わたしもそうさせてもらおう」

セシールはトレイに並べたソーサーにカップを載せ、二人の間に置かれたローテーブルに運んだ。

「お待たせいたしました。どうぞ」

いつも通りの口調で言えたけれど、心臓がばくばくしてどうにかなってしまいそうだ。

ヘリオットは侯爵より先に、カップを手に取って口に運んだ。

「国王陛下とシュエラ様がおほめになった通りだ。香りも良く、味もまろやかで。同じ茶葉のはずなのに、どうして淹れる者によってこうも違いが出てくるのか、不思議なものです」

ヘリオットが美味しそうに飲むからか、侯爵は気が進まない様子ながらも一口飲む。

するとと侯爵の表情が、驚きに変わった。

「確かに、これは美味い。紅茶の淹《い》れ方をよく心得ている者にしか出せない味だ」

「侯爵は紅茶がお好きでいらっしゃるから、味の違いがおわかりになると思いました」

ヘリオットはそう言いながら、セシールに満足げな笑みを見せる。セシールは誇らしくも気恥ずかしくて、はにかんだ笑みをヘリオットに返した。

そんなやり取りに気付くことなく、侯爵は一口、また一口と紅茶を味わう。

「最近は、紅茶など湯を注いで適当に蒸らせばいいと考える不心得者が多くていかん。客を待たせてはいかんと焦っているのかもしれないが、十分蒸らされていない紅茶など、ただのお湯だ。そう考えれば、シュエラ様がこの侍女をお取り立てになったのは正解だったと言えるな。――君から見て、シュエラ様はどんなお方だね？」

質問を向けられたセシールは、戸惑ってヘリオットを見る。するとヘリオットが小さくうなずいたので、セシールは困惑しながらも侯爵の質問に答える。

「わたくしから見たシュエラ様は、とても寛大でお優しい方です。……」

セシールが侯爵の質問に答える間、ヘリオットは紅茶をゆっくり楽しみつつ、優しげな目でその様子を見守っていた。


一体何だったのかしら……？

紅茶二杯を飲み干すわずかな時間、侯爵はセシールとばかり話していた。結局のところ、ヘリオットが何の用で侯爵と会っていたのかさっぱりわからない。

侯爵が去った後、セシールはヘリオットに声をかけた。

「あの……ありがとうございました」

「え？　何のこと？　俺は別に何もしてないよ？」

本当に心当たりがないかのようにヘリオットはとぼける。もしや名誉挽回の機会を与えてくれたのではとも思ったが、そうではないのかとますます訳がわからなくなり困惑する。

セシールが口ごもると、ヘリオットは上着のポケットを探りながらセシールに近づいてきた。そしてセシールの手を取り、その上にポケットから取り出したものを押し付ける。

「あ、あの。報酬はすでにくださったと……」

「それは次の分の前払い。また頼むよ」

ヘリオットはセシールに背を向け、「後片付けよろしく」と言って部屋から出ていく。

どうしていいかわからず、途方に暮れたセシールの手に残されたのは、油紙に包まれた飴《あめ》が三つ。


それからというもの、ヘリオットはちょくちょくセシールにお茶の給仕を頼んだ。仮眠の前だけでなく、夜番《よばん》後などの長めの休憩に声をかけてくるので、セシールの当番割を知っているのではないかと思う。

ヘリオットの目的は、早い段階で察することができた。

シュエラについて、セシールの口から語らせたかったのだ。

愛妾《あいしょう》であるシュエラには、彼女を利用しようとする者がよく近づいてくる。それに加え、今後は彼女を妬《ねた》む者たちが嫌がらせを仕掛けてくることも考えられる。ゆえに、シグルドは自らが許可した者以外はシュエラに面会することを禁じた。そうやって隠されたシュエラに、好奇の目が集まるのは当然だ。そこで、直《じか》に接しているセシールからシュエラについて語らせ、人々の好奇心を多少なりとも満たそうというのだ。

そのため、セシールが呼ばれるのは賓客《ひんきゃく》の前だけではなかった。官司《かんし》や侍従《じじゅう》たちの仕事場、時に近衛隊士《このえたいし》たちの集まりに出向くこともある。

——君から話を聞けなかったら、シュエラ様の居室にこっそり忍び込むところだったよ。

ある侍従が悪びれもせずそう言うのを聞いて、セシールはぞっとした。好奇心を満たすためだけにそのような不埒《ふらち》なことを思い付くなんて信じられない。多分軽口のつもりで実行に移す気などなかったのだろうけど、こんな話が広まって、もし誰かが魔が差して実行に移したりしたらどうするつもりだったのか。その話を聞いた後セシールは、シュエラのプライバシーを損なうことなく彼らの好奇心を満たそうと懸命になった。

セシールが呼ばれる場にいるのは男性ばかりなので、ヘリオットが最初から最後まで付き添ってくれる。話を始めるきっかけを作ったあとは会話に加わらないのに、セシールがその場を辞去するまで、あるいは彼らのほうが退室するまで立ち去ったりはしない。

だからセシールは期待する。

「今回もご苦労さま。はい、これ」

ヘリオットに取られた手に置かれる三つの飴。

これは次の頼みごとの報酬。

飴をもらうと、近いうちにヘリオットとまた会える。そのことが、セシールには嬉しかった。

王城を訪れる賓客や、官司や侍従たちのセシールへの反感は、彼女がシュエラのことを話して回るうちに次第に消えていった。

だが、いいことばかりじゃない。洗い上がった洗濯物を取りに洗濯場へ行った時、そこにいた侍女たちが、不意に声を大きくして噂話を始めた。

「王城のあちこちで、シュエラ様のことをほめちぎって、点数を稼ごうとしてる人がいるそうね」

「最初はシュエラ様に冷たく当たってたのに、助けてもらった途端すり寄るなんて、虫が良すぎるわよね」

「同行されてるヘリオット様にも、媚《こび》売ってるんじゃないの？」

彼女たちの悪意が、セシールの胸に深く突き刺さる。気にしちゃダメと自分に言い聞かせても、やはり心は傷ついた。それはセシールが彼女たちの言葉を否定しきれないからだ。

黙っていても、ずっと見守ってくれる優しい瞳。

彼はとぼけていたけれど、やはりあれはセシールの名誉挽回を考えた上でのこと。

それに、ヘリオットと交わされる秘密めいたやり取り。

――次もまた、よろしくね。

耳元でささやかれたあと、ほんのわずかに視線が絡み合う。

彼の瞳のいたずらっぽいきらめきに、熱を帯びた何かが混じるようになったのはいつの頃か。

気のせい？　勘違い？

だとしても、ヘリオットに惹かれていくのを止められない。

今までの人生で、こんなに気持ちが安らいだのは初めてだった。

セシールの母は、娘にあまり関心がなかった。かろうじて食べさせてもらえてはいたが、よく男と帰ってきてはセシールを一晩中でも外に出していた。そんな風だったから、母が男と出かけると、今度こそ帰ってこないのではといつも不安だった。セシールを道具としか見ていない父の邸《やしき》もまた、安らぎとは程遠い場所で。上級貴族の邸で使用人として働いていた時も、侍女になって王城で勤め始めた時も、いつまでもここにはいられないという不安が常につきまとった。

安らぎを感じられるようになったのは、シュエラに助けてもらった後からだった。

いつも冷たく接し、シュエラが薬を口にするのを止められなかったのに、シュエラはそんなセシールを許し、再び侍女として側に置いてくれた。シュエラなら、セシールのことを信じてくれる。だからセシールは、どんな悪意ある噂にも耐えて、誠心誠意彼女に仕えることができた。

ヘリオットは――

シュエラのように、常に安心させてくれる人ではない。〝頼みごと〟の時だけ現れて、それが済めばすぐ立ち去ってしまう。けれど、〝頼みごと〟の間は決して側を離れず見守ってくれる。

それは一時《いっとき》だけのこと。だけどすぐにまたその安心感が欲しくなって、ヘリオットが〝頼みごと〞をしてくるのが待ち遠しくなる。

そして次の〝頼みごと〞をしてもらうために、ヘリオットの反応を窺《うかが》い、ヘリオットが望むことを察し、それに添うように振る舞っている自分に、セシールは気付いていた。

それを〝媚《こび》売ってる〞と言うなら、セシールに反論の余地はない。


「シュエラ様だけでなくヘリオット様にまで取り入ろうなんて、どういう神経をしてるのかしら？」

その日の昼食時も、食堂の片隅でひっそり食事をするセシールの耳に嘲《あざけ》りの言葉が届く。

傷ついても、憤《いきどお》りを覚えても仕方ない。今のセシールは耐えるしかないのだから。

わたしは間違ったことはしていない――

心の中で何度もそう自分に言い聞かせながら、セシールはパンとスープ、野菜を添えたロースト肉の食事を黙々と食べ続ける。

「これだけ言われても平然と食事を続けるなんて、本当に厚顔無恥《こうがんむち》な方ね」

その言葉の最中に乱暴に椅子を引く音がして、侍女たちは一斉に沈黙する。そんな中、カチュアの高らかな声が響き渡った。

「セシールがシュエラ様の侍女に収まったことが、妬《ねた》ましいだけなんじゃないの？」

「な！　あなた一体何のつもりで……っ！」

侮蔑《ぶべつ》の言葉を吐いていた侍女たちは憤《いきどお》りも露わに、席から立ち上がったカチュアを睨みつける。

一緒に食事をしていたフィーナが慌てて止めるのを無視して、カチュアは彼女たちにわざとらしいほどに晴れやかな笑顔を見せた。

「独り言です、独り言。それとも、あたしが言ったことに何か心当たりでもあるんですか？」

「……っ！」

怒れば、カチュアの言葉を肯定したことになる。暗にそう言われた侍女たちは、顔を真っ赤にして言葉を詰まらせる。

食事の載ったトレイを持って、カチュアがセシールの前の席に移動してきた。その間、セシールは呆然とカチュアを目で追いかける。

彼女がかばってくれるとは思わなかった。そのことに戸惑うと同時に、カチュアがひどく心配になる。彼女がやり込めた相手は、同じ侍女とはいえ貴族の娘だ。プライドの高い彼女たちが、平民であるカチュアにやりこめられて黙っているはずがない。

「カチュア……」

どう声をかけたらいいかわからなくて、セシールは消え入りそうな声で彼女を呼ぶ。

カチュアは何事もなかったように食事を再開しながら、あけすけに言った。

「気にすることなんかないわ。あいつら、あんたを非難すれば、シュエラ様を悪く言ってたことが許されるって勘違いしてるクチなんだから。どっちが厚顔《こうがん》無《む》恥《ち》なんだか」

きっぱり言い切るカチュアに、セシールは羨望と憧れを抱く。いたずらに敵を作るのはよくないけれど、セシールもカチュアみたいに強くなれたらいいと思う。

人目を気にしつつ移動してきたフィーナが、小声でカチュアに注意した。

「カチュア、そういうことはあまり大声では……」

「何？　身分のこと？　そんなの怖くないわ。間違ったことさえしなけりゃ、あっちは大した手出しできないんだから」

フィーナに限らず、セシールもカチュアのこういうところは心配だ。下手に相手をあおって、いつか報復を受けることになりはしないかと。

それからあまり日を置くことなく、その心配は的中することになる。


それは、運が良かったとしか言いようがなかった。

「いやっ！　やめて！」

「騒ぐなよ。こうしてもらいたかったくせに――ぃて！」

休憩終了まであと少しという頃、本館を抜けて西館へ向かう連絡通路を歩いていたセシールは、男女が争う声を耳にした。

今の声、どこから――？

セシールは立ち止まって辺りを見回す。

女性のほうはカチュアだった。怯えて、切羽詰まった声。あんな彼女の声は今まで聞いたことがない。

一体どこに――

その時、激しい葉擦れの音がした。連絡通路脇の生垣にさっと目を走らせると、生垣の隙間から侍女服を着た赤毛の少女が飛び出してくる。

「カチュア！」

声を上げて駆け寄ろうとすると、カチュアはセシールに気付いて立ちすくむ。

その顔に浮かぶのは、顔を合わせたくなんかなかったという、気まずげな表情。

思わずセシールも足を止めた。すると次の瞬間、カチュアは生垣の隙間に引きずり込まれる。

カチュアがどう思おうが、助けないわけにはいかなかった。

セシールは後先考えず走り出し、カチュアが消えた隙間に飛び込む。

そこにいたのは、見知った人物だった。

「キース様――」

前にカチュアに言い寄って、手痛い言葉で追い払われた人。あの忌々《いまいま》しげな様子から、あれで引き下がったとは思えなかったけれど。

ショックで名前をつぶやくことしかできないセシールに、キースは嫌らしい笑みを見せる。

「無粋《ぶすい》だな。逢引《あいびき》は見なかったフリするもんだぜ？」

キースは生垣にカチュアを押さえ込み、その口元を手の平で覆っていた。加えてもう一方の手ではカチュアの胸をわしづかみにしている。それを見て、セシールの頭にかっと血が昇った。

「離してください！　人を呼びますよ！」

なりふり構わず、キースの腕に取りついて引っ張る。けれどセシールの力では、成人男性には敵わない。

「邪魔するな！」

「きゃあ！」

怒鳴ったキースに乱暴に腕を振り払われた。セシールは吹っ飛ばされて、生垣に背中を打ちつける。茂った葉の奥にある固い枝がセシールの体を突いた。その痛みにセシールは一瞬息を詰める。

キースがセシールを振り払った隙に、カチュアは口を覆っていた彼の手をもぎ離して叫んだ。

「言いがかりはよしてよね！　あたしが愛人を探してるって言いふらせば、あんたが愛人を斡旋《あっせん》してるみたいに見えるって考えもしなかったの!?　そんなことおおっぴらにやれば、上司がいい顔しないのも当《とう》ぜ——ぐっ」

カチュアが最後まで言い終わらないうちに、キースは片手でカチュアの首を絞め上げた。

「うるさい！　黙れ！　今回昇格できるはずだったんだ！　なのに〝風紀を乱す行動が見受けられるので今回は見送る〟だと!?　どう考えてもおまえのせいじゃないか！　だからお望み通り乱してやるのさ！」

つまり、カチュアの悪口を言いふらしたことで、キースは昇格を逃したらしい。

だがこの時のセシールには、そんなことを考えている余裕はなかった。

「あ……んた、ひとの話、聞きなさ——かはっ……！」

カチュアは反論するも、さらに首を絞められ苦しげな声を立てる。目の前の暴力にがくがくと足を震わせながら、セシールは懸命に声を上げた。

「やめてください！　それ以上首を絞めたら、カチュアが死んでしまいます！」

さすがにマズいと思ったのか、キースはカチュアの首から手を離した。急に解放されたカチュアは、激しく咳き込みながらその場に崩れ落ちる。

「カチュア！」

すかさずカチュアに駆け寄って、セシールは背中をさすってやる。

「大丈夫？」

二人を見下ろしながら、キースはせせら笑った。

「セシール、おまえこんな女のことをかばうのか？　この女はなぁ、ヘリオット様の手先になって、おまえの悪い噂をバラまいてたんだぜ。王城にいる連中の悪感情をあおるだけあおって、おまえに侍女の仕事をできなくさせたんだ」

カチュアは、今にも飛びかからんばかりの憎々しげな表情でキースを見上げた。

「あたしはセシールの噂をバラまいたりしてないわ。知らないことまで吹聴《ふいちょう》するような、無責任なことできないもの」

キースは心持ち顎《あご》を上げ、嘲《あざけ》りの笑みを浮かべて二人を見下ろしてくる。

「そうだろうとも。けど、こいつの後に仕事を放棄した四人の侍女のことはよく知ってたから、散々言いふらしてたよな。その噂が高じて、〝シュエラ様に盾突く者は排除すべき〟って風潮が広まったんだ。セシール、おまえはそれに巻き込まれたんだよ。国王陛下から謝罪まで受けたのに、おまえが下働きの仕事をせざるを得なくなったのはそのせいさ。――もっともそれだけでそこまで堕《お》ちるってのも不自然だから、もしかするとヘリオット様が裏で手を回してたのかもしれないな」

キースの話に呆然と聞き入っていたセシールは、話が途切れたところで傍らのカチュアに目を向けた。カチュアは、キースを睨み上げたまま反論の一つもしない。カチュアのその反応が、セシールに一つの事実を突き付けた。

けれど、にわかには信じられない。

「あとはそこの女に話を聞くんだな」

歯噛みするカチュアを見て気が済んだのか、キースはそう言い捨てると、近くの生垣の隙間を抜けて小道から出ていった。

葉擦れが収まり、足音が遠ざかる。

その音を麻痺《まひ》した頭でぼんやり聞きながら、セシールはつぶやくように尋ねた。

「今の、本当……？」

カチュアはしばし唇を噛んでためらっていたが、覚悟を決めたように口を開く。

「本当よ。――国王陛下がラダム公爵の策略で、不当に貶《おとし》められていたのは知ってるわよね？　ヘリオット様はその状況を打破しようと、ずっと機会を窺《うかが》っていたの。陛下が冤罪《えんざい》事件を解決した時、ヘリオット様はその機会を逃さなかった。解決に至るまでの目撃証言を集めてあおることで、陛下の評判が上がるよう噂を操作したわ。あたしは、噂好きな人たちにいろいろ聞かれて、正直に話しただけ。その人たちから話が広まって、だんだんみんなシュエラ様に反感を持つ人を非難するようになったの。というか、非難しなければ自分が非難される側になるとでも思ったんでしょうね。だから、みんなもう必死であんたや冤罪事件に関わった侍女たちを非難したわ。どこまでがヘリオッ

残念だよ」

残酷な言葉に、心が引き裂かれる。ヘリオットはセシールのことを道具としか思っていない。彼女の父親と同じように。

ショックのあまり言葉も出せないでいると、ヘリオットはそんなセシールにかまわず、平然と言い放った。

「君に下働きの仕事をさせたのは、そうだよ、俺だ。侍女長に相談された時、静観するよう言ったのも俺だし、君に下働きの仕事を回すよう指示したのも俺だ。――それが気に入らないのなら、〝頼みごと〟はもう聞いてくれなくていいよ。今までご苦労さま」

うつむいたセシールの視界からヘリオットの足が見えなくなり、足音がゆっくりと遠ざかる。

セシールはその足音が消えるまで、そこから動くことができなかった。


わたし馬鹿だ、わたし馬鹿だ、わたし馬鹿だ、……

どんなに自分を詰《なじ》っても、詰り足りない。

信頼されてたわけじゃなかった。単に、都合がよかっただけ。――シュエラのことを嫌っていた侍女が、下働きにまで落ちぶれたところを救ってもらい、シュエラに心酔する。――シュエラの評判を上げるのにちょうどいい美談だ。

――噂や他人の意見にまどわされず、自分の目でしっかりと真実を見極めながら。

そう心に決めた時点で、すでに騙されていたなんて。

ヘリオットが優しくしてくれたのも、計算の内だった。

それなのに浮かれて、いい気になって。

シュエラの悪い噂に踊らされていた時といい、自分はどれだけ滑稽《こっけい》になっていくんだろう。

あれから、シュエラの居室以外ではヘリオットと会うことがなくなった。

〝頼みごと〟をされる前も滅多に会うことはなかったのだから、これが普通なのかもしれない。

けれど会えない時間が長くなるにつれ、何故か寂しさが募っていく。そして、たまの機会にヘリオットを見る度に胸は高鳴って。

そんな自分に、セシールはますます嫌気がさす。


ヘリオットに騙されていたと知ってから二日後、セシールに一通の手紙が届いた。

差出人はエスデランド男爵家の娘、フォニア。シュエラが愛妾《あいしょう》候補だった頃、セシールと一緒に彼女に仕えていた侍女の一人だ。手紙の内容を見て、セシールは表情を険しくする。

『不躾《ぶしつけ》なお願いで申し訳ないのだけど、わたくしがもう一度王城で働けるよう、どなたかにお願いしてもらえないでしょうか？』

これは不躾というより、無理な相談だ。

セシールは誰かを推薦できる立場にない。シュエラには散々世話になっているので、フォニアのことまではお願いしにくい。ヘリオットは――少し前だったら、きっと喜んで相談に行っただろう。

ヘリオットなら何らかの手が打てるかもしれないという信頼感があったし、フォニアの手紙にかこつけて会いに行くことができる。

でも今はもう、ヘリオットの顔を見るのもつらい。それにヘリオットも、セシールが利用できなくなった以上力になってくれるとは思えない。

それとも、ヘリオット様はフォニアのことも利用するかしら……？

フォニアが侍女に戻り、ヘリオットに〝頼みごと〟をされてお茶のワゴンを押しながら一緒に歩く。そんな姿を想像してしまい、セシールの胸はまた痛んだ。


翌朝、カチュアとフィーナと一緒に仕事に向かう途中、セシールは侍女長室の前で足を止めた。

「先に行っててもらえる？」

「少し遅れるって、シュエラ様に伝えましょうか？」

フィーナが気を遣ってくれる。セシールは微笑んで首を横に振った。

「すぐに済むと思うから」

そう言ってセシールは、侍女長室の扉をノックする。

「早朝に失礼します。セシールですが、よろしいでしょうか？」

扉の向こうから「入りなさい」という声がして、セシールは扉を開けて中に入った。

席に着いて何かを書きつけていた侍女長は、顔を上げて不審そうにセシールを見る。

「どうしたのです？　これから仕事なのではありませんか？」

「一つお伺いしたいことがあるのです。その……王城で働きたいという人がいるのですが、雇っていただくことはできるでしょうか？」

侍女長は小さくため息をついて言った。

「セシール、あなたも知っているでしょうが、王城で働く者は、たとえ下働きであっても、身元が確かでなければなりません。ですからその者にも、然《しか》るべき方から推薦してもらうようにと」

「あ、あの、働きたいと言っているのはフォニアなんです。エスデランド男爵家の」

慌ててセシールが言うと、侍女長は意外そうに眉を上げた。

「フォニア？　あなたとその……以前一緒に働いていた？」

〝クビになった〟とは言わず言葉を濁す侍女長に、セシールは「はい」と返事する。

侍女長は先ほどより深いため息をついた。

「それではなおさら、城勤めに戻るのは難しいでしょう。フォニアは結婚準備のため、すでに婚家に身を寄せていると聞いています。――それにしても、何故このような話を？　フォニアから何か連絡があったのですか？」

「彼女から手紙をもらったんです。もう一度王城で働けるよう、どなたかにお願いしてほしいと」

「理由は？」

「……わかりません。手紙にはそれだけしか書いてありませんでしたので」

曖昧な返事しかできずうつむくセシールを、侍女長は毅然《きぜん》とした態度で諭《さと》した。

「どちらにしろ、フォニアはまず両家と話し合いをすべきです。合意があれば、再び侍女として城勤めできることもありましょう。フォニアに連絡を取る際は、わたくしがそのように言っていたと伝えてください」

「――はい」

侍女長の言うことはもっともだ。セシールもわかっていた。多分フォニアもわかっていて、けれどもその方法が取れないから、特に親しくもなかったセシールに助力を求めたのだ。

セシールほどでなくとも、貴族の娘の意思なんてあってないようなものだ。多少は意見を汲《く》んでもらえるかもしれないが、基本的に決定権は父親にある。

フォニア……本当は意に染まない結婚だったの……？

結婚を嫌がるのも無理はない。何しろ彼女の婚約者は、先日カチュアを襲ったキースだ。婚約して間もない頃から、キースはフォニアに対して命令口調で高圧的だった。それでもフォニアは控えめに微笑んで従っていたから、そう悪くない縁談なのかもと思っていた。

だが、フォニアが冤罪《えんざい》でクビになったことで、状況が違ってきてもおかしくない。

――何が名誉だよ。醜聞にまみれた女を押し付けられただけじゃないか。

他の侍従《じじゅう》たちと一緒にカチュアに絡んできた時、キースはそう言ってフォニアとの結婚に嫌悪を見せた。彼女もあんな風に毎日責められているのだとしたら、逃げ出したくなるに決まっている。

だがそう察したところで、セシールがフォニアにしてやれるのは侍女長の言葉を伝えることだけだ。

何も解決できず重い気分のまま侍女長室を出ると、カチュアとフィーナが扉から少し離れたところに立っていた。

「よ、用事済んだの？」

何故かどもりながらフィーナが尋ねてくる。

「ええ……待っててくれたの？」

戸惑いながら返事をすると、カチュアがその言葉に飛びつくように答えた。

「そ、そうなの。すぐ済むって言ってたから」

セシールは様子が変だと思いながらも「ありがとう」と言って、二人と一緒に侍女棟から出る。

食堂で庇ってくれた一件以来、時間が合えば一緒に食事をしてくれるようになったカチュア。あんなことがあって彼女との仲もおしまいだと思っていたのに、今も変わらぬ付き合いをしている。

——あんたがあたしのことを嫌うなら、避けてくれて構わないんだけどさ。

一度そんなことを言われたことがある。その時セシールは初めて、自分がカチュアを嫌ってなどいないことに気付いた。

今回の件でセシールはひどく傷ついたが、カチュア自身はセシールを傷つけてはいない。彼女は職務放棄した四人の侍女について正直に話しただけだ。その話が巡り巡ってセシールを追い込んだけれど、それはカチュアのせいじゃない。

なら、ヘリオット様のことは……？

ヘリオットは意図して噂をバラまき、セシールを下働きしかできないところまで追い込んだ。けれどそのあと落ち込んでいた自分を慰め、名誉挽回の機会までくれた。

今は、ヘリオットがしてくれたことに感謝の気持ちは湧いてこない。むしろ舞い上がっていたあの時を思い出すと、胸が痛くなる。

カチュアとヘリオットでこれほど感じ方が違うのは、ヘリオットが意図的にセシールを陥《おとしい》れたからだろうか。それとも、最初からセシールを利用するためだけに近づいてきたから？

そうだ。気にかけてもらっていると思っていたのに、全部が偽りだったことがつらいのだ。

少しでも好意があれば、下働きさせろなんて指示は出さないはず。つまり、ヘリオットはセシールを傷つけても平気だということ。

結局ヘリオット様にとって、わたしは取るに足らない存在だったのね……

その思いが、セシールに新たな心の痛みをもたらした。


その日の午後、ヘリオットはシグルドに付き従ってシュエラの居室を訪れた。

今日は礼儀にうるさいマントノンやケヴィンの目がないせいか、シュエラは待ちきれないように席を立ち、扉に近寄ってシグルドを出迎えた。

「よかったですわ、来ていただけて。そうでなかったら誰かに呼びに行かせるところでした」

シュエラが嬉しそうに話しかけたのは、シグルドではなくヘリオットのほうだった。

「ヘリオットに何か用でもあるのか？」

シュエラが他の男性に目を向けたのが気に食わなかったのだろう。シグルドはむっとしたように尋ねる。その様子に気付かないのか、シュエラはシグルドを席に案内しながらにこやかに答えた。

「はい。ヘリオット殿にお願いしたいことがあるのです。――これから、セシールと一緒にフォニアという子の様子を見に行っていただきたくて。フォニアが今滞在している邸《やしき》は、王都にあるのでしょう？」

「どういうことだ？」

セシールの「え？」というつぶやきに、シグルドとヘリオットの声が重なる。

「何でわたしが？」

シグルドの傍らの席に座ったシュエラは、彼らの質問に丁寧に答えていく。

「陛下、後ほどご説明申し上げますので、先にヘリオット殿と話をさせてください。――ヘリオット殿、あなたがわたくしの評判を上げるために何やらなさっておいでだということは知っていました。以前、わたくしにこっそりおっしゃいましたよね？〝クビを解かれて戻ってきた侍女が、不当ないじめに遭っているようですよ〟と。ヘリオット殿がわざわざそのようなことをおっしゃるなんてきっと裏があると思って、カチュアに色々教えてもらったのです」

「カチュアちゃん、そういう話をシュエラ様にしちゃう？」

シグルドの斜め後ろに立ったヘリオットは、額を押さえながらぼやく。一方セシールと並んで立つカチュアは、けろっとして答えた。

「だって、シュエラ様にどうしてもって尋ねられたら、答えないわけにはいかないですもん」

「……君がシュエラ様に忠実で、とっても嬉しいよ」

嫌味混じりに言うヘリオットを、シュエラは軽く睨みつける。

「カチュアを叱るなら、わたくしに勘付かれるようなことをなさったご自身をお叱りください。それはともかくカチュアから話を聞いて、ヘリオット殿がわたくしにセシールを助けるよう仕向けたのだということはわかりました。だからわたくしはセシールの様子を見に調理場へ行ったのです」

シュエラ様も、あれがヘリオット様の計略だったってご存知だったの……？

知った上でセシールを助け、その後も気にかけて、カチュアに動向を見守るよう頼んでいたのだろう。それでカチュアは、セシールと侍女長の話を盗み聞きしたというわけだ。

今朝、侍女長室の外で待っていた二人が挙動不審だった理由までわかって呆然としていると、シュエラは申し訳なさそうにセシールを見た。

「そういう訳で、わたくしがあなたを助けたのは偶然ではなかったの。問題がないようなら、姿を見せずに去るつもりだったわ。ほら、やってみたら意外と調理場の仕事が向いていたってこともあるでしょう？」

「いや、それ以前に侍女は下働きをしたがりませんって」

ヘリオットがツッコミをいれると、カチュアがまぜっかえす。

「愛妾《あいしょう》から侍女になりたいって言い出したシュエラ様に、そのジョーシキは通用しませんって。許されるなら、きっとまた洗濯場にだって行ってしまいますよ」

「カ、カチュアっ」

フィーナが慌てて、カチュアの袖を引っ張る。それでシュエラもシグルドのしかめっ面に気付き、取り繕うように微笑んだ。

「あそこの人達とはお別れも済ませましたし、もう二度と行きませんわ。かの節《せつ》は大変ご迷惑をおかけしました」

シュエラが深々と頭を下げると、シグルドは気まずそうに咳払いする。

「ああ、まあ済んだことだ。だが二度とああいうことはしないでくれ」

「――はい。承知いたしておりますわ」

噂でちらっと聞いてはいたけれど、まさか本当だったとは。カチュアとフィーナ以外の四人の侍女が職務放棄していた時、シュエラは洗濯場まで行って自分で洗濯をしていたという。本当のことしか言わないと主張するカチュアが流した噂だけれど、これだけはどうしても信じられなかった。

セシールが内心驚いていると、シュエラが話を再開した。

「話が逸れてしまったけれど、厨房《ちゅうぼう》で働くセシールがすごくつらそうだったから、わたくしの侍女になってもらったの。――候補だった頃、セシールたちが打ち解けてくれなくて寂しい思いもしたけれど、でもその罰があれではやり過ぎだわ。ヘリオット殿がわたくしの評判を上げるためにセシールたちの評価を不当に下げたのなら、知らなかったとはいえわたくしにも責任があると思うの。だからごめんなさいね、セシール」

それでシュエラ様は、わたしを助けてくださった時に謝っていらしたのね……

理由がわかったものの、やはりシュエラに謝ってもらうようなことなどないと思う。

「シュエラ様が責任を感じられることはございませんわ。それどころかシュエラ様はわたくしを助けてくださったのですし……」

ちょうどその時、カレンとマチルダが紅茶を淹《い》れ終え、シグルドとシュエラの前にカップを置いた。それを手に取りながら、シグルドがおもむろに口を開く。

「話はだいたい理解した。——要するに、ヘリオットがバラまいた噂のせいで不当な目に遭っている者がいて、これからヘリオットに様子を見に行かせる者も、その被害者である可能性があるということだな？」

「そうです！　そうなんです」

シグルドに理解してもらえて、シュエラは嬉しそうに両手の平を合わせる。

「ですから、ヘリオット殿に様子を見に行っていただいて、もし問題が起きているのなら何らかの対処をしていただきたいんです。——フォニアという子も、侍女になる正式な手順を踏まずにセシールに頼るということは、実家にも相談できない状況に追い込まれてるんじゃないかと」

「その可能性は大いにあるな。——ヘリオット、今すぐ確認し、必要に応じて対処するように。余の名前を出してもよい。おまえのことだ、冤罪《えんざい》事件に関係した者たちの居場所は把握しているのだろう？」

シグルドが振り返ってヘリオットに言うと、シュエラはセシールに控えめな笑みを向ける。

「セシール、あなたも行ってちょうだい。本当に何かあるのだとしたら、あなたがいたほうがフォニアも心強いと思うから」

ヘリオット様と一緒に……？

セシールは内心動揺しながらも、「かしこまりました」と返事をする。

「行くよ」

「は、はい！」

ヘリオットはそっけなくセシールに声をかけてさっさと部屋から出ていく。セシールはシグルドとシュエラに退室の挨拶をしてから、慌てて彼を追いかけた。


「侍女服のまま王城の外に出るわけにはいかないから、着替えておいで」

西館から出たところで以前と変わらぬ調子でそう言ったヘリオットは、生垣の合間を通って小道へと姿を消した。

セシールが着替えて通用門に急ぐと、すでに馬車は用意されていた。

中から差し出されたヘリオットの手を借り、タラップを踏んで馬車に乗り込む。御者《ぎょしゃ》はタラップを取り外して扉を閉めると、御者台に乗り込んですぐに馬車を出発させた。

ヘリオットの斜め向かいに腰を下ろしたセシールは、膝の上で両手を握り合わせる。先ほどヘリオットに触れた手が、熱を持ったようにじんじんと痛い。その疼《うず》きに合わせて、胸の鼓動も高鳴る。

ヘリオット様と二人っきり……。

今までだって、二人きりになる機会は何度かあった。お茶のワゴンを押して廊下を移動する最中や、お茶を飲み終えた人たちが全員退室した後のわずかな時間や。

けれども、こんなにも狭い場所で、こんなにも長い時間一緒にいたことなんてなかった。

わかっている。全身が強張るような緊張は、ヘリオットを嫌っているからではない。

騙されて、道具のように利用されたのに、何でヘリオット様のことを嫌いになれないの……？

〝嫌いになれない〟？　何でわざわざ嫌う必要があるの……？

嫌いじゃないなら、カチュアと同じように普通に接すればいいだけのことだ。そんな単純なことが、何故できないのだろう。

自分の気持ちがわからず膝の上の手を見つめて黙りこんでいると、いきなりヘリオットの手が伸びてきて顎《あご》を持ち上げられた。

「下ばかり向いてると、馬車に酔っちゃうよ」

触れられたところにぴりっと痛みが走って、そこからまた熱い疼《うず》きが広がってくる。セシールは無意識のうちに顎に手を当て、窓の外を眺めた。

貴族の邸《やしき》が建ち並ぶ通りを、馬車は軽快に走り抜けていく。重厚な門や柵越しに見える庭、その向こうには贅《ぜい》を凝らした邸がそびえ立つ。それらに目を向けている間も、心はヘリオットから離れなかった。

ヘリオットは変わらぬ態度を取ろうとしているけれど、以前と明らかに様子が違う。

話しかけてくる時、目を合わせようとしないとか。

一緒にいて、こんなに長く沈黙が続くとか。

ちらっとヘリオットを見ると、彼は馬車の装飾部分の出っ張りに頬杖をつき、セシールとは反対側の窓に顔を向けて、こちらを見ようともしない。こんな気詰まりな時間がいつまで続くのかと思った頃、ヘリオットが窓の外を眺めたままぽつんとつぶやいた。

「もうすぐ着くな……」

今まで聞いたことのない、独り言のような口調。何だか気を許してもらっているようで、セシールの胸はどきんと跳ねる。

ヘリオットの言葉通り、馬車はすぐに止まった。

自分で扉を開いたヘリオットは、御者《ぎょしゃ》がタラップを取りつけるのを待たずに、馬車から飛び降りた。それに続こうとしたセシールは、自分の腰ほどもある高さに怯《ひる》み、足を止める。するとヘリオットは、セシールの腰を掴んで体を持ち上げた。

体に触れられ動揺したのは、ほんの一瞬のことだった。

バランスを崩したセシールが、とっさにヘリオットの肩に手を置くと、ヘリオットはそのままさっさとセシールを馬車から降ろした。そしてすぐさま手を離し、玄関に向かって歩き出す。

セシールは途方に暮れた。掴まれた腰が熱いのに、ヘリオットにとっては何でもないことのようで。それなのに、心臓をばくばくさせてしまう自分が馬鹿みたいだ。――セシールが馬鹿なのは、今に始まったことではないけれど。

そのことを思い出したおかげか頭が冷え、セシールは急いでヘリオットを追いかける。

到着した邸《やしき》はレンガ造りの二階建てで、子爵邸としては平均的な大きさだ。門扉《もんぴ》をくぐり短い道を歩いて玄関にたどり着くと、ヘリオットはこげ茶色の重厚な扉をドアノッカーで大きく二回叩いた。

しばらくすると扉が開かれ、中から使用人と思われる初老の男性が顔を出す。問われる前にヘリオットが名乗って用向きを伝えると、男性はヘリオットとセシールを玄関ホールに招き入れ、慌てて階段を上がっていく。

少しして、派手な色合いのドレスに身を包んだ中年女性が、階段の上に現れた。

「まあぁ！　ようこそいらっしゃいました、ヘリオット様！」

「お久しぶりです。夫人」

お知り合いだったの……？

驚いたセシールだったが、よくよく考えてみれば貴族は交流範囲が広い。ヘリオットも子爵家の人間だし、何らかのつながりがあってもおかしくない。

こげ茶の髪を後頭部できっちりまとめ上げ、濃く化粧をした夫人は、ドレスの裾がヘリオットの足に絡みつくほどに近寄り、その二の腕に手を添えた。

「フォニアの様子を見に来られたとのことですけど、あいにくフォニアは病に臥《ふ》せっておりますの。明日にはベッドを出られると思いますから、申し訳ありませんがまた改めてお越しくださいませんか？」

夫人のなれなれしい様子に、セシールの頬が熱くなる。

貴族の女性が、伴侶《はんりょ》でもない男性にする振る舞いじゃない。もっとも、使用人の目しかないのをいいことに、こういう戯《たわむ》れをする女性がいなかったわけではないが。

これまでは〝そういうものだ〟と割り切ってきたのに、今に限って汚らわしく感じてしまう。

ありがたいことに、ヘリオットはすぐに夫人を押しのけた。

「それでは見舞わせてください。国王陛下より命じられて来たのに、顔も見ずに帰るわけには参りません」

「そ……それでは見舞っていただかないわけにはいかないですわね。ですがフォニアは年頃の娘です。病床の酷い恰好をお見せするなど大変恥ずかしがるでしょうから、少々身支度にお時間をいただけないでしょうか？　その間、応接室でお待ちくださいませ。――あら？　そちらは？」

この時になって夫人は、ヘリオットに隠れるようにして立つセシールに気付き、うさんくさそうに眉をひそめる。ヘリオットはセシールの腕を取り、隣に引き寄せて紹介した。

「ブラウネット男爵家のセシールです。ご子息の婚約者フォニア嬢とは親しい間柄で、手紙もやり取りしているんです。先日、セシールのもとに彼女から助けを求める手紙が届き、そのことを重く見た国王陛下が、冤罪《えんざい》の折の罪滅ぼしに助けてくるよう仰せになられたのです。応接室にこもっている間に証拠を隠されては困りますので、今すぐフォニア嬢を探させてもらいます」

「お待ちくださいませ！　フォニアが助けを求めるなど、何かの間違いです！」

ヘリオットは夫人を押しのけ二階に上がっていこうとする。セシールもその後に続こうとしたが、入り口で出迎えた初老の使用人が、こっそり階段裏の通路に入っていったのに気付き立ち止まった。

「ヘリオット様、フォニアは向こうだと思います」

つぶやくなり、セシールは使用人を追って駆け出す。セシールの勘が当たっていれば、ヘリオットが階上で探しているうちに、フォニアをどうにかするつもりだ。

貴族の邸《やしき》の造りはどれも似たようなもの。先ほどの使用人が消えた先には厨房《ちゅうぼう》や洗濯室があって、裏口から外に出られるようになっているはずだ。

邸の主人一家が滅多に近寄らないこの場所で、フォニアは一体何をさせられているの……？

追いかけられていることに気付いて、初老の使用人も走り出す。やがて彼が駆けこんだ部屋へ、セシールも続けて飛び込んだ。

部屋に入った瞬間、充満していた蒸気に視界を奪われ、とっさに目を閉じる。

「来い！」

「いやっ！　何を――」

その声にゆっくりと目を開くと、そこは洗濯場だった。部屋の隅のかまどでぐつぐつと洗濯物が煮られ、部屋の中央のくぼみには濡れたシーツがくしゃくしゃになって置かれている。

そしてシーツを洗っていたと思われる少女が、腕を掴まれ裏口から連れ出されようとしていた。

その亜麻色《あまいろ》の髪と清楚な顔立ちはセシールの見知ったものだ。

「フォニアをどこへ連れていくつもりですか!?」

叫んだその時、セシールは後ろから押しのけられる。

部屋を大股に横切ったヘリオットは、使用人の手をフォニアからもぎ離した。

「隠しだてしようとも、もはや手遅れだ」

もう一度フォニアを捕まえようとしていた使用人は、それを聞いて観念したらしく、両手をだらりと下げる。

「フォニア！」

「セシール……っ」

声をかけて駆け寄ると、フォニアは目に涙を浮かべてくしゃっと表情を歪《ゆが》めた。セシールはフォニアの肩に手を置いて顔を覗き込んだ。

「もう大丈夫だから」

「ありがとう……」

フォニアは両手で顔を覆って嗚咽《おえつ》を上げ始める。

遅れて戸口に現れた夫人は、しどろもどろに言い訳を始めた。

「あの、これはその、おしおきのようなものでして……」

「フォニア嬢は何をしたのですか？　罰として下働きをさせられているということは、よほど酷い失態を犯したのでしょうね？」

ヘリオットが脅すように尋ねれば、夫人は顔をひきつらせて口ごもる。

「それは――」

「フォニア嬢はこのまま連れていきます。あとで事情を聞きに来ますから、そのつもりで」

「お待ちください！　二度とこのようなことはさせませんので、どうか！」

「その言葉を信じて置いていけば、さらなる〝お仕置き〟でフォニア嬢の口止めをするつもりでしょう？」

図星だったのか、夫人は一瞬息を呑む。

セシールがフォニアの肩を抱いて歩き始めると、ヘリオットがセシールのもう一方の手を取る。そして夫人を押しのけて洗濯室から出た。

「お待ちください！　これには事情が――！」

我に返った夫人が、またヘリオットの腕にすがる。だがヘリオットはその手をあっさりと払った。

「陛下ならば、穏便に事を済ませてくださることでしょう。騒ぎ立てることなく、大人しく待つことです」

冷ややかな声に、もう何を言っても無駄だと悟ったのか、夫人は無言で廊下の端に寄り、道を譲った。

馬車は子爵邸のすぐ目の前に止めていたため、人目には付かなかったと思うけれど、フォニアの恰好は見られたものではなかった。下働きのようなシャツとスカートを着て、亜麻色《あまいろ》の髪は色あせたリボンでひとくくりにしただけ。暑い場所で働いていたため顔は真っ赤で、まだ汗が滴《したた》っている。

フォニアの隣に座ったセシールがハンカチを差し出すと、彼女はおずおずと受け取り、額や頬を拭った。その手の荒れに、セシールは表情を曇らせる。下働きをしていた三日足らずの間にセシールの手も荒れたけれど、フォニアの手はそれ以上だ。全ての指先がかさかさにひび割れ、血が滲んでいるところもある。どう見ても、セシールより長い間酷使された手だった。

汗をふき終えたフォニアは、「ありがとうございます……申し訳ありません」と言ったきりうつむいてしまう。そんなフォニアに、ヘリオットは優しく話しかけた。

「国王陛下に報告しなくてはならないから、何があったのか話してくれるかな？」

手の中のハンカチを強く握りしめたフォニアは、たどたどしく話し始めた。

冤罪《えんざい》が晴らされた折、国王は詫びの一環として〝結婚する時には内々に祝福する〟と言ってくれた。その過分な配慮に恐縮しつつも喜んだ両家は、フォニアを早々にヴァンブルー子爵邸に入れることにした。結婚はまだ先だが、子爵家の女主人となる教育を始めるためだ。

ところが子爵夫人は教育と称してフォニアに無理難題を押し付けた。フォニアがそれをできずにいると、その罰として下働きの仕事をさせる。それらは日中に行われるため、夜しか邸《やしき》にいないキースもヴァンブルー子爵も気付かない。フォニアは夫人を悪く言って、逆に自分が不審の目で見られはしないかと怖くて、誰にも相談できなかった。そんな折、姉の様子を見に来た弟から、セシールが王城で一度下働きまで堕《お》ちた後に、再びシュエラの侍女になったと聞かされた。それでセシールに手紙を出せば、そこから話が伝わってシュエラに助けてもらえるかもしれないと思ったのだという。

「お仕えしていた時の態度を考えれば、助けを求めるなんて恥知らずな行いだとわかっています。ですが、おすがりできる方が他にいなかったんです。……ヘリオット様、わざわざご足労いただき申し訳ありません。セシール、シュエラ様に伝えてくれてありがとう。迷惑をかけてごめんなさい……」

セシールがシュエラに伝えたわけではないけれど、誤解を解ける雰囲気ではない。話し終えたフォニアは憔悴《しょうすい》し切っていて、それ以上しゃべることも、話を聞くこともできない様子だった。

そのうち馬車は王城に到着し、ヘリオットとセシールは人目につかない生垣の合間の小道を通って、フォニアを侍女棟に連れていく。侍女長に会ってフォニアのことを話すと、ヘリオットは「調べることがあるから」と言って出ていってしまった。

「事を荒立てないようにするなら、フォニアがここにいることは伏せておいたほうがいいでしょう。セシール、フォニアのことを任せましたよ」

侍女長にそう言われたセシールは、空いている部屋にフォニアを連れていった。それから着替えなどの世話をした後、自室に戻り侍女服に着替えると、急いでシュエラの居室に戻った。

日はすっかり暮れ、シュエラはすでにランプの明かりの下で夕食を始めていた。

セシールの帰りを待ちわびていたシュエラは、思わず椅子から腰を浮かせてマントノンに叱られる。

「シュエラ様、お食事中に席をお立ちにならないでください」

日中は舞踏会の準備で忙しくしているマントノンも、大抵この時間には戻ってきている。今回の件に関してはすでに話を聞いているのだろう。シュエラの前へ向かうセシールに問いかけてくる。

「フォニアという子の様子はどうだったのです？」

セシールはテーブルの前に立ち、子爵邸で見たこととフォニアから聞いた話を報告した。

食事を中断して聞き入っていたシュエラは、セシールが報告を終えると心配そうに尋ねる。

「それで、フォニアはこれから……？」

「ひとまず侍女棟にかくまい、状況を把握してから対処すると、ヘリオット様はおっしゃっていました」

「マントノン夫人とも話をしたのだけど、フォニアが侍女に戻るなら、わたくしの侍女になってもらうつもりだと伝えてくれるかしら？」

「はい、かしこまりました。――あの、もしフォニアがシュエラ様の侍女になるのでしたら、改めて本人から申し上げると思いますが、シュエラ様に感謝とお詫びを伝えてほしいと……」

――今のわたしは、シュエラ様に直接お会いすることができないから。

セシールはフォニアから託された伝言を思い出す。

国王の寵姫《ちょうき》、しかも面会が制限されているシュエラには、高位の貴族であっても近寄ることは許されない。セシールも、再びシュエラの侍女にならなかったら、謝罪の機会も得られなかったのだ。

伝言を聞いたシュエラは、いつもの優しい笑みを浮かべ、「気にしなくていいのよと伝えてもらえる？」と言った。


その夜、シュエラの就寝の支度を終えて退室すると、セシールは早足で侍女棟に戻る。そして食堂で二人分の食事をもらい、フォニアのいる部屋に運んだ。

小さな机を狭い部屋の中央に移動させ、ベッドの端と椅子にそれぞれ座って夕食を食べ始める。

「フォニア、あなたの言葉をシュエラ様にお伝えしたら、シュエラ様が〝気にしなくていいのよ〟って。それと、もしあなたが侍女に戻るのなら、シュエラ様の侍女にしてくださるって」

「……ありがとう」

もともとそんなに親しくないから、用件を伝えれば話すことは特になくなる。フォニアの口数も少ないため、会話は途切れてしまった。気詰まりを紛らわせようとセシールが食事に専念していると、フォニアはスプーンを置いて両手を膝に下ろしてしまう。

「食欲、ないの？」

心配して声をかけると、フォニアは申し訳なさそうに弱々しい笑みを見せた。

「ごめんなさい。わたしが邸《やしき》からいなくなったことに、キース様が気付かれたかどうか気になっちゃって……」

「どうかしら？　ヘリオット様が状況を把握するっておっしゃっていたから、キース様も事情を聞いていると思うけれど……」

「いつもなら、帰宅なさっている頃なの。わたしのことをいつも気にかけてくださって、宿直のない日は必ず早く帰ってきてくださるから」

打ちひしがれてはいるが、フォニアの言葉にはキースへの信頼が感じられる。

そんな彼女の様子にセシールは釈然としない思いを感じていた。

あのキースが、フォニアを気にかけるなどということがあるのだろうか？　もしあったとしても、フォニアはキースに相談できなかったし、キースもまた、彼女を母親から守っていたわけではない。

「キース様はわたしが邸にいないと知ったらどうするか、気になって仕方ないの。逃げ出したわたたしを許してくれなかったらどうしようって思うと……」

泣きそうな顔をしてうつむくフォニアに、セシールはキースがカチュアにしたことを話してしまいたくなる。そうすればフォニアもキースに幻滅して、少なくとも今話してくれたような悩みからは解放されるのではないかと。

けれど、他言無用というカチュアとの約束を破るわけにはいかないし、キースを好きでいるのはフォニアの自由だ。フォニアとはそんなに親しいわけではないから、そのようなことを話したところで余計なお世話になりかねない。

それに、わたしも似たようなものかもしれないわ……

ふと思い浮かんだ考えに、セシールはこっそり自嘲する。

騙されたのに、忘れたいのに、ヘリオットと過ごした時間がいつまでも心に残っている。時が経つにつれ心の痛みは薄れ、優しくされたあの時が恋しくなる。

馬鹿ね。わたしったら懲《こ》りるということを知らないの……？

ヘリオットにとって、セシールは道具に過ぎない。優しくしてくれたのだって、道具であるセシールを上手く操るためだ。セシールはヘリオットの思惑通り、シュエラへの賛辞をいろんな人に話して回った。

どれだけの人に滑稽《こっけい》と思われていただろう？　キースが気付いていたことは、他の人が気付いていてもおかしくない。それなのにセシールは、自分を陥《おとし》れた人物を信頼し、それを一切隠さず一緒に歩いて回っていた。そのことを思い起こすと、心に新たな痛みが走る。

セシールは痛みをこらえながら、フォニアに優しく話しかけた。

「ちゃんと食べたほうがいいわ。ずいぶん痩せちゃったもの」

食欲がなくなるのもわかる。冤罪《えんざい》事件に、義理の母親となる人からのいびり、愛する人はそれを見て見ぬ振りをする。借り物の侍女服から覗くフォニアの手首は、痛々しいほどに細い。

セシールも、先ほどまでの物思いのせいで食欲を失っていた。けれどもちゃんと食べなければ、夜中にお腹が空いて寝られなくなってしまう。睡眠不足は、翌日の仕事にも差し支える。

スープにぱさついたパンを浸《ひた》し何とか食事を再開すると、フォニアものろのろとスープを飲み始めた。

また会話が途切れ、部屋の中には食事をする音だけが響く。その静けさの中、遠くから騒ぎが聞こえてきた。

「何かしら？」

階下からだろうか。男女が言い争っている声がする。

セシールが耳をすましていると、フォニアは驚いたように目を見開いてつぶやいた。

「キース様……」

「え——？」

とてもかすかな声なのに、聞き分けることができたのだろうか。それとも、先ほどキースの話をしたせいで、そのように聞こえてしまっただけか。

「様子を見てくるから、部屋から出ないでね」

セシールはそう言って椅子から立ち上がり、部屋から出ようとする。

扉を開いたその時、下から再び男性の声が聞こえてきた。

「だったらセシールを呼んできてください！　あいつは絶対フォニアの居場所を知ってるんだ！」

フォニアの耳のよさに、セシールは驚きを隠せない。こんなことを言う人物の心当たりは、一人しかいなかった。


セシールが廊下を早足で渡って階段を下りる最中も、声は聞こえてきた。

「こんな時間に非常識です！　明日出直してらっしゃい！」

侍女長の声だ。だからキースの口調が多少礼儀正しいのか。

「婚約者が行方知れずなんです！　明日なんて言ってられません！」

侍女長が体を張って止めようとするけれど、成人男性の力には敵わず押され気味だ。通りかかったらしい侍女が数人、遠巻きに眺めているものの、侍女長を助けようとはしない。

もっとも非力な侍女たちが何人助けに入ったところで、彼を追い出すことはできないだろう。

ヘリオット様――ううん、衛兵を呼んでこなくちゃ……

みんな騒ぎに気をとられていて、呼びに行った気配がない。見つかると厄介なことになるとわかっていたけれど、セシールが呼びに行くしかなさそうだった。

音を立てないように階段を下り、侍女たちの背後に隠れつつこっそりと裏口へ向かう。けれど、まばらにしかいない人の後ろを通ったところで、姿を隠しきれるはずもなかった。

「セシール！」

キースは叫んだかと思うと、侍女長を突き飛ばすように押しのけて、こちらに突進してくる。周りの侍女たちが驚いて避けたので、セシールはキースの眼前にさらされた。

身をひるがえして走り出すが、裏口に通じる廊下の途中で捕まえられてしまう。そして乱暴に肩を掴まれ、強く壁に押し付けられた。

痛みに息を詰めたセシールに、キースは容赦なく怒声を浴びせる。

「言え！　フォニアをどこにやった⁉　おまえがフォニアを連れ去ったことは、母上から聞いてるんだ！　知らないとは言わせない！」

怒りに燃えた顔、鼓膜を破られそうな怒鳴り声。

怖い――

壁に背を滑らせて拘束から逃れようとしたけれど、キースの両手にはさらに力がこもり、身動きできない。痛みのあまり、セシールはくぐもった悲鳴を上げた。

「吐け！」

骨がきしみ、セシールは恐怖に総毛立つ。

折れる――！

その時、肩を掴んでいた手が不意にセシールを突き放した。

「いて！　いててて！」

そのまま壁に寄りかかり目を上げると、前屈《かが》みになって苦痛を訴えるキースの姿が視界に入る。

その後ろには彼の腕を背中に回してひねり上げる、ヘリオットの姿。

「か弱い女性に暴力を振るうのは感心しないな」

いつもの軽い口調だけれど、目は冷ややかにキースの背中を見下ろしている。その姿に、セシールは言い知れない安堵を覚えた。

来て、くれた……

体から力が抜け、その場にずるずるとへたり込みそうになる。ヘリオットはキースを脇へ突き飛ばすと、セシールの二の腕を片手で掴んで支えた。そしてキースに目を向ける。

「言ったはずだ。事が解決するまで、君の婚約者は返さないと。ここにたどり着いたということは、一旦邸《やしき》に帰って母上から事情を聞いたか？」
二、三歩よろけたあと振り返ったキースは、ヘリオットの厳しい口調と冷ややかな目に一瞬怯《ひる》む。
が、すぐに気を取り直したのか負けじと叫んだ。

「フォニアを返してください！　あいつは俺の妻なんだ！」

「妻だったら、守ってやるべきじゃないのか？　なのに君は、彼女が母上にいびられているのを知っていながら、それを放置した」

「違う！　放置してたわけじゃない！　俺だってできることをしようとしたんだ！」

「その方向性が間違っていれば、何もしていないも同然だ。何故それを理解しない？　君は母上と直接話すべきだった。関係のないカチュアの評判を落とそうとするのではなく」

一瞬キースがカチュアを襲った話かと思い、ぎくっとする。だがすぐにカチュアが愛人を探しているとキースが言いふらした件だと気付き、わずかに安堵した。

「関係ないわけないだろ！　そもそもカチュアが悪いんだ！　あいつが噂を広めるから、母上がフォニアにつらく当たるようになったんじゃないか！」

「それでカチュアにとって不名誉な噂を広めようとしたと？　そうすれば彼女の言うことをみんな信用しなくなるだろうって？　ずいぶんと遠回りな解決方法を考えたもんだね。それだったら母上に一言、〝僕の婚約者をいびるのはやめてください〟と言ったほうが簡単だったろうに。作戦が失敗に終わった上に出世まで逃して、踏んだり蹴ったりなんじゃないか？」

からかいを含んだ声に、キースはぐっと喉を詰まらせる。

セシールはヘリオットに支えられたまま、ぼんやりと思った。

それでキース様は、カチュアに絡んだのね……。

あの時、カチュアのせいで昇進を逃したというようなことを言っていたけど、その裏にはこういった事情があったようだ。やりかたはほめられたものではないけれど、キースはキースなりにフォニアのことを愛しているらしい。それでようやく、フォニアがキースを愛する理由を理解した。

フォニアには、キースに愛されていることがわかっていたのだ。相手をよほど嫌悪していない限り、人は愛してくれる相手に愛情を感じるものだ。ただ、ここ最近の彼の冷たい態度から、フォニアは愛されなくなったように感じてつらかったのだろう。

キースの今の様子を見ている限り、彼のフォニアへの愛情は失われていないようだ。けれど、彼が歪《ゆが》んだ方法でしか愛情を表現できないのなら、フォニアはこれからも苦労するに違いない。

フォニアのことでひとまずの安堵を得ると、セシールの心は別のことで占められていった。

ヘリオットに掴まれた二の腕が熱い。

キースに身動き取れないほど強く掴まれた両肩は、今もまだじんじんと痛む。ヘリオットの手はキースとは違って、簡単に振りほどけそうなほど弱いのに、その熱でセシールを動けなくする。

傷ついたのに、嬉しくて、切なくて。

わたし、やっぱり馬鹿だ……

利用されたと知って傷ついたのに、こうして助けてもらえれば嬉しくて。何とも思われていないとわかっていても、諦めきれないから切なくて。

やっぱりわたし、ヘリオット様のことが好き……

報われない想いを認めるしかなくなって、視界が涙で滲んでくる。

それと同時に気付いてしまった。

酷く傷ついたのは、好きな相手に傷つけられたから。

〝傷つけられた〟？　本当にそうなの？

反論の言葉を探し歯ぎしりするキースに、ヘリオットはその隙を与えることなく言った。

「それに、侍女棟に乗り込んで騒ぎ立てたら、自分の評判をますます下げることになるって気付かなかった？　せっかく内密に済ませてあげようと思ったのに、台無しだよ。ねぇ？　フォニアちゃん」

ヘリオットがキースの肩越しに覗き込むような仕草をすると、キースはそれにつられて振り返る。そして呆然とつぶやいた。

「フォニア……」

キースが近寄ろうとすると、フォニアは怯えた顔で後退《あとずさ》る。愕然《がくぜん》として目を見開いたキースは、やがて自棄《やけ》になったように笑い出した。

「信じたくなかったけど、本当だったんだ。母上が、おまえは自分で逃げ出したって。そんなに俺と結婚するのが嫌だったのか？」

「ち、違——」

首を横に振るフォニアの言葉を遮《さえぎ》って、キースは吐き捨てるように言う。

「そうだよな。子爵家の嫡男《ちゃくなん》っていっても、出来は悪いし出世頭でもないしよ。そんな奴に見初《みそ》められて、がっかりしてたんじゃねーのか？」

そんなこと関係なく、フォニアはあなたを愛してるのに——

キースにそう言いたかった。けれど、彼の荒《すさ》んだ笑みを見てしまうと、どんな言葉も喉の奥に絡まって出てこない。

自らを守ろうとするかのように身を縮こませるフォニアに、キースは顎《あご》を突き出し嘲《あざけ》るように言い捨てた。

「残念だったなぁ！　陛下に結婚を祝福するなんて言われちまってよ！　——そうだ。ヘリオット様がいらっしゃることだし、陛下に取り次いでもらえよ。陛下に頭を下げさせたおまえなら会ってもらえるだろ。それで陛下にお願いしてみな。俺なんかと結婚したくないってさぁ！」

「馬っ鹿じゃないの？　あんた」


場にそぐわない呆れ声に、セシールはぎょっとする。キースやヘリオット、フォニアとともに、声がした玄関ホールのほうを見ると、カチュアがゆっくりと近づいてくるところだった。

全速力で走ってきたかのように、肩で息をしている。——走ってきた？　どこから？

カチュアはフォニアの隣まで来て立ち止まり、両手を腰に当てた。

「愛の告白なら、外に出てもっと小さな声でしなさいよ。恥ずかしいったらありゃしない」

「——は？」

キースは一瞬呆ける。が、すぐに我に返って反論した。

「何聞いてたんだよ。俺は」

カチュアの声がそれに重なる。

「〝そんなに俺と結婚するのが嫌だったのか？〟って、裏を返せば自分は結婚したいってことでしょ？　要するに、フォニアのことが好きだって言ってるようなもんじゃない」

キースの顔が一気に真っ赤になった。

「ち」

「違うなんて言わせないわよ」

キースは、情けないくらいにうろたえる。

「な、何馬鹿言ってんだよ。俺は」

「反論したいなら質問に答えて。先に言っておくけど、あんたの答えたことをヘリオット様にお願いして叶えてもらうからね。――あんた自身は彼女のことをどう思ってるの？　彼女と結婚したいの？　したくないの？」

「そ、それは――」

キースが口ごもっても、カチュアは容赦しなかった。

「その様子だと、あたしに絡んできたのだって、彼女のためを思ってのことなんでしょ？　まったく、やり方が陰険なんだから。――ともかく、夜も遅いし早く休みたいから、とっとと終わらせたいの。あんたが決められないなら、あたしが適当に決めちゃうからね」

カチュアとキースのやり取りをハラハラしながら見守っていたフォニアが、とっさに声を上げる。

「待って！　キース様と話をさせてください」

「どーぞ」

カチュアがそう言って一歩下がると、フォニアは数歩前に出てキースの側に立った。

「キース様、逃げ出したりして申し訳ありませんでした。わたくしは、自信がなかったのです。男爵家の娘でしかないわたくしが、キース様の妻になっていいものかといつも不安だった。キース様が冷たくなられたのも、わたくしがお嫌いになったからだと思い込んで、キース様のお考えを察しようともせず。――ですがわたくしのその不安が、キース様を不安にさせてしまったのですね」

「え、あ、その……」

カチュアに続いてフォニアにまで指摘されたキースは、口をぱくぱくさせている。その顔は茹《ゆ》で上げたかのように真っ赤だ。先ほどまでの傲慢《ごうまん》さは見る影もない。

そんな彼の様子をどう見たのか、フォニアは両手でキースの手を取って告白した。

「キース様。わたくしたちの結婚は家同士で決められたことですけど、キース様は改めてわたくしにプロポーズしてくださいましたよね？　わたくしはその時から、あなたのことをお慕いしているんです。――キース様がお嫌でなければ、どうかわたくしを妻にしてくださいませ」

キースはこれ以上赤くならないと思われた顔をさらに赤くし、言葉もなくフォニアを見つめている。フォニアのほうも返答を待っているのか、キースを見つめたまま一言も発しない。

そんな二人に業を煮やしたヘリオットが、白けたような声をかけた。

「あーはいはい。ここでいちゃつくのは皆の邪魔になるから、場所を変えようか」

フォニアはこの声に我に返る。そして今さらながらに人前で告白してしまったことに気付き、顔を赤くしてうつむいた。

翌日のお茶の時間に、ヘリオットがフォニアの一件のあらましについて報告した。

「結論から申し上げますと、痴話喧嘩《ちわげんか》の類《たぐい》でした」

ヴァンブルー子爵夫人は、家同士で決めた結婚とはいえ、もともとフォニアをよく思っていなかった。溺愛《できあい》してきた一人息子を取られる気分だったのだろう。冤罪《えんざい》事件で縁談は一旦流れたものの、国王のお声がかりで復縁。けれど、城内で〝シュエラ様に盾突いた侍女を排除せよ〟という風潮が高まった。すると国王に祝福された縁談にもかかわらず、それについて他の貴族の夫人たちから遠回しな嫌味を浴びせられるようになり、子爵夫人は肩身の狭い思いをしていたらしい。同じ頃、セシールが下働きをさせられていたという噂を聞いたこともあって、うっぷん晴らしにフォニアに下働きをさせていびったという。

ただ、フォニアがセシールに助けを求めたのは、いびられていたからではなかった。フォニアの婚約者であるキースは、母親の行いに気付いていながら止めることができず、それどころか母親をなだめるためにフォニアに冷たく当たる。彼の真意を聞かされていなかったフォニアには、その仕打ちが一番こたえた。

「それで〝愛されなくなったのでは〟と委縮《いしゅく》すると、キースはフォニアが結婚を嫌がっていると思い込んで一層つらく当たる。それで日に日にキースの心が自分から離れていくように感じて、耐えられなくなったのだとフォニアは言っていました。ですがキースの気持ちがわかったからには、もう大丈夫でしょう。キースには邸《やしき》に送っていった際、母親に〝フォニアに不当な扱いをしたら許さない〟と言わせてきました。なのでこれからは、キースも直接母親からフォニアを守ると思いますよ」

「まったく、人騒がせな」

話が終わった後、まず最初にシグルドが感想を口にした。

腹を立てながらもどことなく安堵の混じった声に、ケヴィンがさらっと答える。

「よかったですね。冤罪《えんざい》問題が再燃することがなくて」

シグルドは額を押さえて唸《うな》った。

「……おまえは何でそう、他人《ひと》が敢えて口にしなかったことに言及するんだ」

例の件は、国王自身が謝罪せずには収拾がつかなかった。それを蒸し返したくないシグルドの気持ちは、セシールにもわかる。けれど感情面に疎《うと》いケヴィンは、本気でわからなかったらしい。

「え？　わざとおっしゃらなかったのですか？」

「……もういい」

シグルドは額を押さえたままうつむいた。

シュエラは会話が一段落したのを見計らって、ヘリオットに厳しい視線を送る。

「確かに痴話喧嘩《ちわげんか》だったようですが、大元の原因はヘリオット殿が故意に広めた噂話ではないですか。陛下のためとはわかっていますけれど」

「シュエラ様のためでもあるんですけどね」

茶化すように言うヘリオットを、シュエラは睨みつけた。

「それもわかっていますが、他人を傷つければ恨みを買うものです。わたくしは、ヘリオット殿が他人の恨みを買い続けることで、そのうち身を滅ぼすことになりはしないかと心配なのです。それに、カチュアやセシールにも何かと手伝わせているようですね？」

「カチュアちゃん～～～」

ヘリオットが恨みがましく名前を呼ぶと、カチュアは身を縮込ませてごまかし笑いをする。

「だ、だって話の流れがそうなっちゃったんですもん」

シュエラは、呆れ混じりのため息をつきながらヘリオットに言った。

「ともかく、二人には他人に恨まれるようなことをさせないでください」

「それはもちろん気を付けてますけど、カチュアちゃんはあんまり言うことを聞かないしなぁ」

ヘリオットのぼやき声に、セシールは内心ほっとする。

キースが吹聴《ふいちょう》しようとした噂は、シュエラも完全に無関係とは言えない。カチュアに〝愛人〟ではなく〝結婚相手〟を世話しようとしたことがこんな事態に発展したと知れば、シュエラはきっと自分を責める。だからヘリオットも内緒にしておくつもりらしい。もしかすると、カチュアがお願いしたのかもしれない。

当のカチュアは、そんな様子は一切見せず、あっけらかんとヘリオットに抗議していた。

「えー？　あたし言われたことちゃんとやってたつもりなんですけど」

今日もマントノン夫人がいないので、カチュアはくだけた口調のましゃべり続ける。

ヘリオットはそんなカチュアに、困ったような笑みを向けた。

「そうじゃなくて、あんまり目立ってほしくなかったんだよ。シュエラ様が心配なさっていたこともあるしね。昨夜キースが侍女棟に乗り込んだ時、すぐ報せ《しら》に来てくれたのは助かったけど、キースに〝馬っ鹿じゃないの？〟って言い放った時は、正直焦ったなぁ」

「ちょっと言い過ぎたかなって思いましたけど、丸く収まったんだからいいじゃないですか」

二人は示し合わせたわけでもないのに、上手く話を逸らしていく。

ヘリオットとカチュアのその機転に、セシールは感心してしまう。

にこやかな表情をしつつも、シュエラは厳しい口調で二人に尋ねた。

「他にも聞いておくべき話があるようね？」

「そうそう、聞いてくださいよ。あたし、大活躍だったんですよ」

シュエラの様子を気にすることもなく、カチュアは自分が侍女棟に戻った時のキースとのやり取りを意気揚々と話し出す。


その声に耳を傾けながら、セシールは別のことを考えていた。

カチュアはヘリオットに振られたのに、それでも彼に協力し続けている。キースには酷い目に遭わされたというのに、最終的に事を丸く収めた。

シュエラに再度仕えて色々なものの見方を知った今なら、カチュアの気持ちがわかる。

きっとカチュアは、シュエラのために動くと決めているから迷いがないのだ。

ヘリオットに協力するのはシュエラのため。シュエラが望むから、フォニアとキースの件も解決するよう協力した。自分の感情は二の次にして。

それに気付いた時、セシールは恥ずかしくなった。

――もっと根性あると思ってたのに、残念だよ。

ヘリオットにそう言われてしまうはずだ。セシールには、覚悟が足りなかった。シュエラのために尽くす覚悟が。

一通り話を聞いたシュエラが、呆れ混じりに言った。

「言い当てたからよかったものの……。キースがフォニアのことを好きでも何でもなくて、プライドのためだけに彼女を取り戻そうとしてたなら、逆上されてもおかしくなかったのよ？」

「あ、そういう見方もありますよね。でもそれだったら、結婚したくないってお願いしろなんて、言わなかったと思うんです。自分からは断りたくなかったってことですもん」

自信満々で反省の色がないカチュアに、ヘリオットは呆れて肩をすくめる。

シュエラは心配げに表情を曇らせて、カチュアに言った。

「カチュア。お願いだから、本当に気を付けて。わたくしのためを思うなら、まずあなた自身を守ってほしいの。あなたまでセシールのようなことになったら、悔やんでも悔やみきれないわ」

自分の名前が出てきたことで、セシールは我に返る。シュエラはセシールに痛ましげな視線を送ると、ヘリオットにも心配そうな表情を向けた。

「ヘリオット殿もです。もしヘリオット殿が他人の恨みを買いすぎてその収拾に手一杯な時、陛下が厄介な事態に巻き込まれでもしたらどうなさいます？　いくらヘリオット殿でも、あっちもこっちも上手く収めるのはとても難しいことだと思うんです。それにヘリオット殿の評判は、ヘリオット殿を取り立てている陛下の評判にもつながります。ですから、他人に言えないようなことはしてほしくないのです」

しばらくの間黙って話を聞いていたケヴィンが、大きくうなずいてシュエラに同意した。

「シュエラ様のおっしゃる通りだと思います。ラダム公爵が不当な噂で陛下を貶《おとし》めるからといって、同じ行為に走れば状況は泥沼と化すでしょう。相手が卑怯な手に出れば出るほど、こちらは公明正大を貫くべきです。正しいことが必ずしも人々に評価されるとは限りませんが、後になって卑怯な手を使ったことをあげつらわれるよりはいいでしょう」

ヘリオットは肩をすくめ、嘆くような口ぶりで反論した。

「ちょっと待ってくれよ。シュエラ様もケヴィンも、俺が他人の恨みを買うような不当な手を使ってるみたいに言うけど、俺は間違ったことなんてしてないよ？　陛下とシュエラ様の評判を上げるために噂をあおったことは認めるけど、嘘や事実をねじ曲げた噂を流したりはしてないって」

シグルドはヘリオットの弁解を無視し、少し思案してから口を開く。

「シュエラやケヴィンの言うことにも一理あるな。時間がかかるとしても、手堅くいくほうが後の憂《うれ》いがなくていい」

「陛下まで〜」

情けない声を上げるヘリオットに、シグルドは軽い調子で指示を出した。

「ヘリオット、冤罪《えんざい》に関わって王城を去った他の侍女たちのその後を調べ、問題が発生しているならば解決するように。ヴァンブルー子爵夫人が貴族の夫人たちの間で肩身の狭い思いをしている件もだ。嫁を救済しておいて姑《しゅうとめ》を放っておくのでは、不公平だからな」

弁解を諦めたヘリオットは、大きくため息をついた。

「簡単にお命じになられますね。そんな風に身内まで手を広げたら、どれだけの人間が救済対象となるか、わかっておいでなのですか？」

シグルドはとぼけたように言う。

「ん？　簡単ではないのか？　〃シュエラが城を去った侍女たちのことで心を痛めていて、余は何とかしてやろうとシュエラに請け負った〃――そういう噂を流すだけで、あらかたの問題は解決すると思うのだが。シュエラの、ひいては余の評判を上げるのにもちょうどよかろう？」

そういう噂が流れれば、ほとんどの問題が解決するのは間違いない。何しろ、時流は今やシュエラとシグルドにある。二人の意思に沿わないことをしようという者は、まずいない。

シグルドの案はヘリオットも考えていたらしく、弱々しい笑みを浮かべて後ろ頭をかく。

「……そこまで計算されておいででしたか」

「近衛《このえ》時代から、おまえに仕込まれてきたからな」

シグルドは王子であった頃、近衛隊《このえたい》に所属していてヘリオットの訓練を受けていたと聞いている。

その訓練は、武術のみならず智略にも及んだようだ。

ヘリオットと不敵な笑みを交わし合うシグルドに、シュエラは遠慮がちに話しかけた。

「あの……セシールたちの後に付いてくれた四人の侍女たちのことも、お願いしていいでしょうか？」

「ああ、わかっている。あの者たちも噂に翻弄《ほんろう》された被害者だから、助けてやってほしいと言うのだろう？」

シグルドに微笑まれ、シュエラは恥ずかしそうに視線を下に逸らす。

「は、はい。わたくしも、仕事をしたくないのならしないでいいと言ってしまいましたし。王城にいられなくなるほど追いつめられた時点で、すでに罰は受けていると思うのです」

「かの四人は同情する必要もないと思うのだが、そなたが放っておけるわけがないからな」

ため息混じりのシグルドの声に、シュエラは肩をすぼめてしゅんとする。

「申し訳ありません」

「いや、そなたのそうした優しさを、余は好ましく思う」

「え、あの、あ、ありがとうございます……」

シグルドのとろけるような笑みに、シュエラは顔を赤らめ、うろたえつつも返事をする。恋をすると相手以外何も見えなくなると聞くが、どうやらシュエラはそうもいかないらしい。落ち着かなげにちらちらと周囲に視線を向ける。

それに気付いたシグルドは残念そうに苦笑し、咳払いをして場を仕切り直した。

「新たな噂が浸透したところで調査を開始し、問題を洗い出せば、そう手間もかからないと思うのだが。どうだ？」

「陛下のお考えになった方法が、最善かと存じます」

ヘリオットは国王の心中を察してか同情めいた忍び笑いを漏らしてから、頭を下げ慇懃《いんぎん》に答える。

そこに元気よく挙手するカチュアの声が響いた。

「はいはいはーい！　あたしもお手伝いします！」

「カチュアちゃんにも協力してもらうけど、ちゃんと指示に従ってくれなきゃ手伝わせないからね」

苦笑するヘリオットに、カチュアはおどけて兵士の敬礼よろしく肘を張り胸元にこぶしを当てる。

「了解です！」

「――わ、わたくしにもお手伝いさせてくださいませ！」

衝動に駆られて、セシールはそう口走った。シュエラとヘリオットは驚いて目を見はる。

カチュアが手伝いを申し出た瞬間、今言わなくてはという思いが湧いた。この機を逃したら、もうヘリオットの役に立つことはできない。自分の思い違いを正すチャンスは、二度と巡ってこない。

シュエラは驚きから覚めると、表情を曇らせた。

「わたくしが望むからといって、無理はしなくてもいいのよ？」

「無理などしておりませんわ。どうしてそのようなことを？」

言葉が自然に出てくる。同時にセシールは、これこそ自分の望んでいたことだという思いを強めた。反対に、シュエラの困惑は増したようだった。

「だって、ヘリオット殿はあなたを……」

陥《おとし》れたなどと口にするのは憚《はばか》られるのだろう。どう話を続けたものかと言いたげにシュエラは視線をさまよわせる。

セシールは微笑んで、シュエラの言葉を継いだ。

「気になさらないでくださいませ。あの件については、わたくしは感謝しているのです。――あの時、下働きをしていなければ、わたくしはシュエラ様にもう一度お仕えさせていただくことはできませんでした」

ヘリオットによってお茶出しに駆り出されていた時もそうだ。シュエラがいかに素晴らしい人物か語るだけでなく、名誉挽回の機会ももらった。

利用されたけれど、結果的に何ら不利益は被《こうむ》っていない。むしろ感謝してもしきれない。それなのに利用されたと責めるような言い方をして、恩知らずもいいところだ。前はそういう心境になれなかったけれど、今なら素直に思える。

「シュエラ様にお詫びし、誠心誠意お仕えできる機会をいただき、ヘリオット様には本当に感謝しているのです」

そう言ってヘリオットにも笑顔を向けると、彼は何故か一瞬眉をひそめる。それから何も聞かなかったかのようにシグルドに話しかけた。

「ケヴィンがいることですし、俺が席を外しても大丈夫ですよね？　ラダム公爵の動向も気になりますので、新しい噂を流す算段をしながらそちらも確認してまいります」

「おい、感謝されているのに一言もないのか？」

シグルドにからかい混じりに指摘されたヘリオットは、気まずげに顔をしかめる。

「……別に、感謝されるようなことはしていませんから。それでは失礼いたします」

そっけなく言うと、ヘリオットはシグルドの許可を得ないまま退室した。

ぽかんとして見送ったシュエラの隣で、シグルドがくっくと笑いを漏らす。

「ヘリオットのあんな顔を見るのは初めてだ。なあ、ケヴィン？」

「そうですね。いつもは陛下やわたしがしてやられていますから」

ケヴィンも珍しく楽しそうな口調だ。

「あの……ヘリオット殿は何を怒ってらっしゃったんでしょう？」

戸惑いながら尋ねるシュエラに、シグルドはにやにやしながら答えた。

「あれは怒っていたのではなく、照れていたのだ。恨まれて当然のことをしたはずなのに感謝されて、動揺したのだろう」

シグルドの言葉に続けて、ケヴィンも説明する。

「ヘリオットはほめられ慣れていないですからね。陛下やわたしが礼を言っても、聞き流されます」

「だが先ほどは、よほど意表を突かれたのだろう。ヘリオットは表情豊かに見えて、実のところ裏によく本心を隠しているからな。それを見られたくなくてそそくさと逃げ出したというわけだ。あんなあいつを見る日が来るなんて、思ってもみなかった」

愉快そうに肩を揺らすシグルドを、シュエラは困った様子で見つめている。

セシールは、ヘリオットに悪いことをしてしまったように思い、いてもたってもいられず、思い切ってお願いした。

「も、申し訳ありません！　ヘリオット様にお伝えしきれなかったことがございますので、少々席を外してもよろしいでしょうか？」

シュエラは一瞬びっくりしたように目を見開いたが、すぐに微笑む。

「いいわよ。行ってらっしゃい」

セシールは礼をしてシグルドにもお詫びをすると、急いで部屋を出た。

そして扉を静かに閉め、廊下を走り出す。


ヘリオットは、まだ本館につながる連絡通路を歩いている途中だった。

「ヘリオット様！」

セシールの呼び声に足を止めて、ヘリオットは振り返る。その顔に驚きのようなものが過《よぎ》ったけれど、彼はすぐにそれを隠してしまう。

代わりに浮かぶのは、皮肉げな笑み。

「何か用？」

冷たい口調に拒絶を感じ取って、セシールは一瞬ためらう。

「用がないなら行かせてもらうけど」

すぐさま背を向けて去っていこうとするヘリオットに、セシールは慌てて話しかけた。

「先日は申し訳ないことをいたしました。よくしていただいた恩を忘れて、責めるような発言をしてしまったことをお許しください」

勢いよく頭を下げ、またすぐに上げる。それから先ほどのように顔をしかめているヘリオットにまくしたてた。

「陛下が不当に貶《おとし》められ、ヘリオット様もかねてから苦慮なさっておいでだったと聞いております。そして今回がその状況を覆《くつがえ》す絶好の機会だったということも。ヘリオット様はご自分の使命を果たされただけで、そのことに傷つくなんて思い違いもいいところだったのです。シュエラ様のお役に立ちたいと思うなら、わたくしは利用されたと嘆くのではなく、利用していただいたと感謝すべきなのですよね？」

そう自分に言い聞かせても、未だ心はかすかに痛む。

理由はわかっている。過分な望みを抱いてしまったからだ。

親身になって話を聞いてくれるから。〝頼みごと〟の最中は片時も離れず見守っていてくれるから。自分では釣り合わないとわかっていながら、そんな風に優しくされたことで〝もしかしたら〟と期待してしまった。

傷ついたのは、陥《おとしい》れられていたのだと知って、その期待を打ち砕かれたから。でも、それはセシールの思い上がりによる勝手な気持ちであって、ヘリオットを責めるのは間違っている。

そのことに気付いたからには、もう間違えない。

セシールは胸元に手の平を当てて、意気込んで話した。

「ですからどうか、わたくしでお役に立てることがございましたら、遠慮なく利用してくださいませ。そうすることが、シュエラ様に再びお仕えする機会を与えてくださったヘリオット様への、ご恩返しにもなると思い、ますし」

ここまでは言わなくてもよかったかも……

セシールは不意に口ごもる。

会いたいという気持ちが先走ってしまったようだ。〝頼みごと〟をしてもらえれば、また頻繁に会うことができる。好かれることがなくても、せめて会いたい。

想いを隠しきれなかったことが恥ずかしくなり、セシールは頬を赤らめてうつむく。

お腹のところで両手を握り合わせてもじもじしていると、押し殺したような笑い声が聞こえてきた。何事かと思い顔を上げると、ヘリオットは目元を手で覆い、肩を揺すって笑っている。

「ヘリオット、様……？」

困惑し、おそるおそる声をかけてみると、ヘリオットは笑いの合間につぶやきを漏らした。

「……まったく、何て都合のいい」

「え？」

意味がわからない。それとも何か聞き間違いでもしたのか。

心配になって、セシールはヘリオットのほうに足を進めた。するとヘリオットは、手をずらして片目でセシールを確認する。

「じゃあ、遠慮なく」

あ、と思う間もなかった。

セシールはいきなり二の腕を掴まれて引き寄せられ、顎《あご》を持ち上げられる。

そのまま唇に押し当てられた、温かくてやわらかいもの。

それが何なのか理解する前に、セシールは解放されていた。

「ごちそうさま」

至近距離でそう囁《ささや》いたヘリオットは、さっさときびすを返して本館に向かって歩き始める。

セシールは、ヘリオットの姿が見えなくなってもなお、動くことができなかった。

今のって……

無意識に手を上げて、指先で唇に触れる。

その感触が、さっきのことは嘘じゃないと伝えてくる。

途端に、セシールの頭は沸騰した。


ええええ!?　利用するって話が、何でこういうことになるの？？？

顔の火照《ほて》りが収まるまで、セシールはしばらく仕事に戻れなかったのだった。


舞踏会、王太子の生還、そして……


王城の入り組んだ生垣の奥深く。

「んっ」

唇で口をふさがれ続けたセシールは、息苦しくなって喉を鳴らす。

生垣の陰に腰を下ろし、彼女を膝の上に座らせ抱え込んでいる男性は、唇を離して不敵に微笑む。

その彼を、セシールは困惑しながら見つめた。

薄茶色の少しくせのある髪と、緑の目をした人。

ラウシュリッツ王国国王の有能な側近で、それゆえセシールを策略に利用した。

自分が捨て駒のように扱われても仕方ないほど、愚かだったことはわかっている。彼の立場もわかっているから、今は役に立てたことを嬉しく思う。

――お役に立てることがございましたら、遠慮なく利用してくださいませ。

セシールはそう申し出た。本気でそう思っていたからだ。


けど、それが何でこうなるの？？？


伴侶《はんりょ》どころか婚約者ですらない相手にこんなことを許すなんて、どうかしてる。なのに何だかんだと言いくるめられているうちに、こういうことになってしまっている。

初めての時からそうだった。

――じゃあ、遠慮なく。

そう言ってヘリオットが、セシールからファーストキスを奪っていった翌日。

キスの理由もわからないうちに、生垣の陰に連れ込まれた。

――な、何でこんなことを……？

――今、時間大丈夫なんでしょ？

――そうですけど、――んっ！

生垣に押し付けられ、ついばむように何度も何度も口づけられる。

――〝頼みごと〟じゃなかったんですか？

キスの合間にどうにか尋ねれば、ヘリオットは不思議そうに小首を傾げる。

――こういう〝頼みごと〟は嫌？

そういう風に聞かれると、困ってしまう。

ヘリオットのことが好きだから、何をされても嫌だという気持ちが起きない。

けれど訳がわからない。

ヘリオット様は、わたしのことなんて何とも思ってなかったんじゃないの……？


困惑が解消されないまま一週間ほどが過ぎ、そして今。

「んっ」

再び口づけられたセシールは、息苦しくなってまた喉を鳴らす。

毎日のようにセシールを誘うヘリオットは、回を重ねるごとにセシールに新しいことを教えた。

ついばむキスを次第に深め、抱きしめるだけだった手はやがて背中をさすり始めた。

膝の上に抱きかかえられるようになってからは、さらに遠慮がなくなった。胸や腿《もも》にまで触れる大きな手の平に、セシールはどうしたらいいかわからなくなる。

セシールが苦しがっていることに気付いてか、ヘリオットは深く重ねていた唇を解放した。武人らしく固くて太いヘリオットの腕に頭をもたせかけ、セシールは口を開けて空気を貪《むさぼ》る。

そうしている間に、ヘリオットは片手でセシールの袖のボタンを外す。それを器用にまくり上げ、肘裏の柔らかい肌へ唇を寄せた。

あ、また……。

素肌に吸いつかれる感触に、セシールは体を震わせた。

吸いつかれた場所に赤いあざが浮かび上がることを、セシールはすでに知っている。最初につけられたのは、手首の内側だった。それが日に日に上がってくる。

袖をまくり上げられないところまで来たら、ヘリオット様はどうするつもりなんだろう……。

はしたない想像が頭の中を過《よぎ》り、セシールは顔を赤らめる。

セシールの腕に何度も吸いついてから顔を上げたヘリオットは、甘ったるい笑みを浮かべて、またセシールの唇に口づけた。彼が顎《あご》にかけてきた親指に力を入れると、セシールの唇は自然と開く。

そこに己《おのれ》の唇をかぶせて、ヘリオットは口づけをさらに深くした。

使用人の前で大胆に伴侶《はんりょ》や恋人とキスをする主人もいたから、こういうキスもあることは知っていた。けれど、それを見た時の恥ずかしさと、実際に自分がされてみた時の感覚はまるで違う。

初めてのキスからまだ一週間のセシールには、こうすることが好きか嫌いか考える余裕もない。呼吸をしてついていくのが精一杯だ。空気がまた足りなくなって、頭がくらくらしてくる。

ヘリオットが、ふとキスをやめた。

吐息がかかる距離でささやいてくる。

「いいの？」

「……え？」

懸命に呼吸する合間にセシールがつぶやけば、ヘリオットはいたずらっぽく笑う。

「抵抗しないと、最後までやっちゃうよ？」

ヘリオットの片手が侍女服のボタンを外す。それを見て、セシールは胸元のボタンがすでにいくつか外されているのに気付いた。

いつの間に……!?

谷間が見える辺りまでくつろげられてしまった胸元を、とっさにかき合わせる。そして身をよじってヘリオットの腕から逃れ、立ち上がった。その慌てぶりを眺めながら苦笑していたヘリオットは、ゆっくりと立ち上がってから艶っぽく笑う。

「残念」

全然残念そうでない様子で言うと、「またね」とひらひら手を振りながら去っていった。

その場に取り残されたセシールは、火照《ほて》った顔を冷ましながら悶々《もんもん》と考える。

利用してほしいとは言ったけれど、こういう風に利用されるとは思ってもみなかった。

経験は乏しいけれど、抱き締められたりキスをされたりしたからといって、好意を持ってもらっているとは思っていない。

欲求不満解消に利用されてるのよね、きっと……

他に理由は思い付かない。そのことがセシールを落ち込ませる。

夫ではない。婚約者でもない。好意を寄せてくれているとも思えない相手に触れられて嬉しいだなんて。

そんなふしだらな想いを抱く自分が嫌なのに、ヘリオットに誘われたら断ることができない。

せめて、ヘリオット様がどういうつもりなのか教えてくれたらいいのに……

毎回尋ねはするけれど、必ずはぐらかされてしまう。

返答をもらえなかったら拒絶すればいいのに、それができないでいるのも悩みの一つだった。


そんな悩みなど吹き飛ぶような事件が、舞踏会当日に起こる。


ラウシュリッツ王国王妃エミリアの生誕を祝う舞踏会。

その会場から早々に戻ってきたシュエラは、セシールたちにドレスの紐を緩めさせると、震える声で言った。

「ありがとう。あとは自分でできるから、誰も寝室に入ってこないでね」

シュエラは、セシールたちから顔をそむけるようにして寝室に入っていく。

扉が閉まっても、その場にいる誰もがすぐには動き出せなかった。

引きちぎられた胸元のフリル。

〝疲れたからもう休みたいわ〟――その言葉とともに向けられた、震える背中。

舞踏会で何かあったことは明らかだった。

けれどシュエラのあまりに痛々しい様子に、何があったのかと尋ねることはできなかった。

一刻も早くドレスを脱ぎたいというシュエラの胸の内がひしひしと伝わってきて、セシールは言われるがままに急いでドレスとコルセットを引き絞っていた紐をほどいていた。急ぐあまり、乱暴な手つきになったが、そうされることをシュエラが望んでいるように思えてならなかった。

紐をほどいている最中に、他の侍女たちが高く結い上げられたシュエラの髪を解いた。形を整えるためにたくさん挿《さ》されていたピンが、今は無造作に床に散らばっている。

片付けなきゃ……

長年人に仕えてきた経験がセシールを無意識のうちに動かす。

屈《かが》んでピンを拾い出したセシールを見て我に返ったのか、マントノンは手にしていたネックレスやイヤリングをテーブルに置き、侍女のみんなはセシールと一緒にピンを拾い始める。

その間、カレンがぽつんとつぶやいた。

「胸元のフリル……不注意で破れたようには見えなかったわよね」

カレンに続いて、マチルダが憤慨《ふんがい》して言う。

「故意にむしり取られたに違いないわ。誰か知らないけれど、衣裳を台無しにするなんて酷過ぎる。きっと一人で泣きたくて、誰も入ってこないでとおっしゃったんだわ。おかわいそうに……」

声を震わせるマチルダに、カチュアの強い否定の声が飛んだ。

「シュエラ様が、あの程度の嫌がらせでへこたれるわけないです！　きっと、もっととんでもないことがあったんだわ」

セシールもそう思う。

嫌がらせされることも予想した上で舞踏会に勇んで出かけていったシュエラが、衣裳を台無しにされたからといってあんなに傷つくとは思えない。

おっとりした性格のシュエラは貴族社会の陰湿さとは無縁なようでいて、実際は少女時代に大人たちの争いに巻き込まれた経験がある。そのため周りが考える以上に強い一面も持ち合わせている。それに、ドレスを台無しにされたといっても、襟元のフリルを破られただけ。シュエラなら、何だかんだで切り抜けそうな気がする。

そうできなかった、あるいはしなかったのは何故なのか。

拾ったピンをテーブルの上に置きながら、フィーナがぽつんとつぶやいた。

「ケヴィン様は、どうなさったんでしょう……？」

それを聞いた途端、カチュアが騒ぎ出す。

「そうだ！　ケヴィン様はどうしたのよ!?　パートナーなのにシュエラ様を一人で部屋に帰したりして！」

「カチュア、静かにして！　シュエラ様に聞こえてしまうわ」

フィーナにたしなめられ、カチュアはあわわと口をふさぐ。

シグルドは王妃のパートナーを務めなければならないため、結婚も婚約もしていないケヴィンがシュエラのパートナーを務めた。シュエラがあんな風に帰ってきたというのに、そのケヴィンは一体どこで何をしているのか。

「そうよ、ケヴィン様に聞けばいいんだわ」

廊下に続く扉に向かおうとするカチュアを、フィーナがつかまえる。

「カチュア、どこに行くの！」

「ケヴィン様のところに決まってるじゃない！」

「まさか会場に乗り込む気じゃないでしょうね⁉」

行きたい行かせまいと二人が揉み合っていると、マントノンが険しい声をかけた。

「カチュア、不用意に動けばシュエラ様のお立場にどんな影響が及ぶかわかりません。シュエラ様がお部屋に戻ってこられたのですから、ケヴィン様か、あるいはヘリオット様が様子を見にこられるはず。状況が把握できるまで、今は待つべきです」

シュエラを案じた上での言葉に、カチュアも反論できなかったのだろう。

「……わかりました」

不本意な様子で返事をすると、扉の前から引き返し、持っていたピンをテーブルの上に置く。

他にすることもなく、さしあたってピンが全部揃っているか数えていると、数え終わる前に扉が忙しく叩かれた。

やってきたのはケヴィンだった。部屋に入って扉を閉めると、常日頃無表情な彼には珍しく、わずかに苦虫を噛みつぶしたような顔で言う。

「ラダム公爵にしてやられました。王妃陛下のドレスのデザインが、シュエラ様のドレスと色も形も完全に同じだったのです」

セシールは息を呑んだ。マントノン夫人も、子爵家の令嬢であるカレンとマチルダも、貴族と血縁のあるフィーナも真っ青になる。

「え？　何？　同じドレスがどうしたっていうの？」

困惑するカチュアに、フィーナがさっと近寄って耳打ちをした。

「社交界の場で同じドレスを着ることは、相手に対して失礼にあたるの。相手が王妃陛下ともなれば、不敬罪に問われることもあり得るわ」

「不敬罪なんて、そんな馬鹿な。大勢が出席するんだし、偶然ってことも」

笑い飛ばそうとしたカチュアを、フィーナは遮《さえぎ》った。

「そうならないように、他に出席する方々のドレスも下調べしておくのが、貴族社会の礼儀なの。マントノン夫人が連日お出かけになっていたのも、そのためだったのよ」

二人の話を聞いていたマチルダが、会話に加わった。

「流行があるから似たり寄ったりなデザインになることはあっても、別の仕立て屋が作れば多少違ってくるのが普通だわ。それに同じ仕立て屋が作ったとしても、彼らだって貴族のしきたりを知っているから、決して同じデザインにはしないのよ」

「その通り」

マチルダの話を、ケヴィンが唐突に継ぐ。

「誰かが故意に同じものを作らせなければ、こんなことは起こり得ない。つまり、一方がもう一方に対して挑発、あるいは敵意を向けているように人々の目には映るということだ」

顔色を変えることなど滅多にないマントノンが、真っ青になって頭を下げた。

「申し訳ありません。わたくしの失態です。わたくしが至らなかったばかりに……」

「それは違います、マントノン夫人。あなたの務めはシュエラ様の衣裳を準備することで、策略を防ぐのはわたしやヘリオットの仕事でした。ラダム公爵の策を見抜けなかったのは我ら二人の完全なる手落ち。こちらこそ申し訳ありません」

ケヴィンが謝罪を終えたところで、カチュアが勢い込んで尋ねる。

「あの！　国王陛下は？　こんな時に、陛下はどこにいらっしゃるんです？」

「陛下は舞踏会に出席していらっしゃる」

手短に答えたケヴィンに、カチュアは憤《いきどお》った声を上げた。

「どうして!?　シュエラ様はすごく傷ついて帰ってきたのよ？　こういう時に何でついていてあげないの!?」

「あの場から陛下が抜けたりすれば、それこそシュエラ様に非難が集中するからだ。シュエラ様はご立派だった。ご自分でドレスの飾りを破り、王妃陛下に謝罪して退場された。――その潔さに皆あっけにとられ、シュエラ様が退場されたあと、滞《とどこお》りなく舞踏会は進められた」

マチルダが口元に手を当てて、声を詰まらせながら言った。

「ひどい……！　大勢の前でそんな辱《はずかし》めなんて。シュエラ様は、何もしていないことなどなさっていないのに」

「そうよ！　こっちがデザインを合わせたわけじゃないんだから、やったのはあっちってことでしょ!?」

憤慨《ふんがい》するカチュアに、今なお青ざめたままのマントノンが答えた。

「それでも、身分の下の者が上の者に謝罪するのが、貴族社会のしきたりなのです」

カチュアが言葉をなくすと、ケヴィンは淡々とマントノンに伝えた。

「ヘリオットが今、仕立て屋に事実確認をするため城下に向かっています。事は未然に防げませんでしたが、この件を暴き、ラダム公爵に一矢を報いるよう全力を尽くしているところです」

それからケヴィンは侍女たちにシュエラの様子を尋ねると、シグルドの側に控えるため去っていった。

部屋の中に重苦しい沈黙が広がる。

セシールは、先ほどのシュエラの様子を思い起こしていた。

真っ青になりつつも、みんなに心配かけまいと無理に笑みを作ろうとしていた。

そんなシュエラを見て、ショックだった。セシールの中のシュエラは、冷遇にも負けない芯の強さがあって、それはいつでも変わらないものだと思っていたからだ。

そんなわけないじゃない……

シュエラだって人の子だ。傷ついて泣きたくなることだってあるに決まっている。今まさにその状況だというのに、何もしてあげられないのが悔しい。

マントノンの憔悴《しょうすい》ぶりも見ていられないものがあった。

だが下手な慰めの言葉など、かけることはできない。王妃側からは何か言ってくる気配はなかったが、明日もないとは限らない。王妃側との対決は始まったばかりで、この先どうなっていくかわからないのだから。首謀者はラダム公爵だとわかっている。その策略をどれだけ暴けるかによって、状況は変わってくるだろう。

ヘリオット様……

セシールは、ヘリオットが今回の件を明らかにしてくれることを願い、心の中で名前を呼んだ。


舞踏会での一件は、あっという間に城中に広まった。

どちらがデザインを盗んだのかという噂がもっぱらで、セシールも何人かの顔見知りにそれとなく問われた。意外にも、シュエラに好意的な見方をする者が多かった。自らドレスを台無しにし、謝罪して立ち去ったという話に、同情が集まったようだ。もちろん王妃を支持する人々もいて、城内は次第に王妃派と愛妾《あいしょう》派に分かれていった。

マントノンは、舞踏会の翌々日に自邸に帰された。マントノンのせいではないとシグルドに言われても、彼女は自分を許せず、思い詰めるあまりにたった二日でひどくやつれてしまったからだ。それを見かねたシグルドが、休養するようマントノンに命じた。

そしてシュエラもまた、日一日と元気をなくしていった。

普段と変わらぬよう振る舞おうとしているが、時折こっそりため息をついていることに、セシールたちは気付いている。慰めや励ましの言葉が逆に負担になるとわかってからは、話しかけることさえためらわれるようになった。

シュエラもまた自らを責めているのだろう。彼女は仮縫いの際、顔色の悪い仕立て屋を気遣い、仕上がりが遅れてもあまり催促しないようマントノンに頼んでいた。せめてドレスが舞踏会の前日までに届き、シグルドがそれを目にしていたら、今回のことは防げたはず。ドレスが届くのが遅れたのも、ラダム公爵の策略の内だろう。それに気付かなかったことをシュエラは申し訳なく思っているのだ。

シュエラは悪くない。悪いのは仕立て屋だ。彼女は舞踏会以来、行方をくらましている。ヘリオットが舞踏会の翌朝までに聞き込んできた話によると、仕立て屋はドレスの仕立てを失敗したと言って、シュエラのドレスの素材を全て買い直していたのだという。

ゆえに王妃が舞踏会で着ていたドレスも、この仕立て屋が作ったと見てほぼ間違いない。仕立て屋はシュエラのドレスを受注したすぐあとから、ある男性と付き合い始めたということだが、その者がラダム公爵の手の者だったのだろう。男にたぶらかされ、シュエラの温情を踏みにじった仕立て屋に、セシールは強い憤《いきどお》りを覚えずにはいられなかった。

舞踏会から三日目。仕立て屋は依然として見つからなかった。それなりに広く人口も多い王都で、人一人を探し出すことは容易なことではない。しかし手掛かりが彼女しかない以上、ひたすら探すより他になかった。

シグルドもケヴィンもマントノンも各々《おのおの》の失態を悔いていたが、策略面を請け負っていたヘリオットが一番悔しい思いをしているはずだ。念には念を入れて警戒に当たっていたのに、裏をかかれてしまったのだから。それを思うと、仕立て屋やラダム公爵への怒りが増すのと同時に、セシールは胸がふさいでしまう。

何ができるわけではないけれど、何もせずにはいられない。その思いが、午後の休憩に入ったセシールを本館と西館との連絡通路に留まらせた。

ヘリオットが〝頼みごと〟をしてくるのは、いつもここだった。お茶の給仕に駆り出されていた時も、〝利用してください〟と言った後も。

だが、城下に出ているヘリオットの姿があるはずもない。

ここに来ればできることがあるかもって思うなんて、馬鹿ね……

会えたとしても、捜索に加われるわけではないのに。

自嘲のため息をつき、ちゃんと休憩を取ろうと侍女棟に足を向けたその時だった。

ヘリオット様――

望みながらも期待していなかった出会いに驚いて、セシールは足を止める。

ヘリオットもセシールに会うとは思わなかったようだ。立ち止まり、目を見開いて凝視《ぎょうし》してくる。

どのくらい見つめ合っていたのか。

ヘリオットは大股で近寄ってきてセシールの二の腕を掴むと、そのまま生垣の隙間に引っ張り込んだ。小道に入ってすぐ、セシールは葉の生い茂った生垣に押し付けられる。

ぶつかってきたヘリオットの唇は、セシールの唇を乱暴に貪《むさぼ》った。

呼吸もままならない激しさに耐えながら、セシールは心の片隅で思う。

――何の役に立ってると思う？

以前戯《たわむ》れの折に、からかい混じりにヘリオットは言った。

今でもどういう意味なのかわからない。でも、ヘリオットが望むのなら。

セシールはキスの合間に何とか呼吸をし、それから力を失いかけていた両腕を持ち上げてヘリオットの背中に回す。

こうすることでヘリオットに得るものがあるなら、何も言わずにただ差し出したい。

ヘリオットの役に立つことが、セシールの望みなのだから。

セシールが手に力を込めようとした時、ヘリオットは唐突にセシールを突き放した。

生垣に手をついて顔を上げると、ヘリオットは気まずげにそっぽを向いている。

「……何をやってるんだ、俺は」

その声は、かろうじて聞き取れる程度のものだった。

ヘリオットはそのままセシールと目を合わせることなく、小道から出ていってしまう。

セシールは生垣にもたれたまま、しばらく呼吸を整えていた。

本人はわかっていなかったようだけれど、セシールには何となくわかった。

人は鬱憤《うっぷん》がたまると、衝動的な行動に出ることがある。鬱憤を晴らしたいと思っている時にたまたまセシールがいたのか、それともセシールを見て鬱憤を晴らしたくなったのか。わからないけれど、セシールがヘリオットの気を鎮《しず》めるのに役に立てたのなら嬉しい。

——何をやってるんだ、俺は。

離れていくヘリオットからかすかに聞こえた言葉。

滅多に見られない素のヘリオットを目にして、セシールは嬉しさが込み上げるのを感じていた。


偶然というものは、続く時は続くものらしい。

ヘリオットと別れたあと、侍女棟の近くまで来たところで、セシールは衛兵に呼び止められた。

「怪しい女性が、シュエラ様に面会したいと言って来ているんだ。シュエラ様にすぐには目通りさせてもらえないだろうから、シュエラ様の女官か侍女に取り次いでくれって。名前も名乗らないから本当なら追い返すところだが、ひどい怪我をしているんだ。しかもえらく怯えてて、シュエラ様の女官か侍女以外には、自分のことを報《しら》せないでほしいと言ってね。もしかしたら、例の事件で実家か嫁ぎ先で虐待を受けた元侍女かもしれない。確認してもらえるか？」

そう言われて、セシールは西門横の詰め所までついていく。

開けてもらった扉から中を覗いても、すぐには女性の姿を見つけられなかった。

八人掛けのテーブルが半分を占め、あとは隅に小さな戸棚があるだけの簡素な部屋だ。戸棚は陰に体を隠せる大きさでもないし、他に出ていけるような扉があるわけでもない。

誰もいない部屋を見渡して戸惑っていると、セシールの後ろから衛兵が声を上げた。

「おーい、出てこい。シュエラ様の侍女が来たぞ」

少しして、テーブルの縁から女性がそろそろと顔を出した。殴られたのか、片方の頬が赤黒く腫《は》れあがっている。そのせいで人相がかなり変わっていたけれど、セシールには彼女が誰だかわかった。

仕立て屋！　シュエラ様を罠に嵌《は》めた――

怒りではらわたが煮えくり返る。

何があったか知らないけれど、怪我した顔を見ていい気味だとさえ思った。

「セシール、誰だかわかるか？」

「……ええ」

ヘリオットも、この女のせいで大変な思いをした。セシールは処罰できる立場にないけれど、せめて詰《なじ》ってやらないと気が済まない。

仕立て屋は、セシールがシュエラの侍女であることを覚えていたらしい。テーブルの縁にしがみつくように指をかけたまま、ぽろぽろと泣き出した。

「申し訳、ありません……。申し開きのできないことをしたのはわかっています。ですが、シュエラ様におすがりするしか、他になかったのです」

その言葉を聞いて、セシールの怒りは一気に冷めた。

――お仕えしていた時の態度を考えれば、助けを求めるなんて恥知らずな行いだとわかっています。ですが、おすがりできる方が他にいなかったんです。

ヴァンブルー子爵邸から救い出されたフォニアが言った言葉。あの時の彼女と今の仕立て屋が、重なって見える。

シュエラが優しいからすがりたくなるのだ。フォニアがセシールを通してシュエラに助けを求めたのは、セシールが助けられたいきさつを聞き、自分も助けてもらえるかもしれないと希望を持ったからだ。仕立て屋も仮縫いの際、シュエラに気遣ってもらったことを覚えていたのだろう。

それはシュエラの人柄あってのことだ。セシールだって、シュエラにわずかでもいい人ぶりたいという下心が見えたら、シュエラの侍女にならなかったかもしれない。シュエラの、心から相手を思いやる気持ちを感じたからこそ、セシールは心底感謝し誠心誠意お仕えしたいと思ったのだ。

そんなシュエラであれば、今の仕立て屋の顔を見て〝いい気味だ〟なんて思わない。いくら非があるとはいえ、人が苦境に陥っている姿を嘲笑《あざわら》った自分が恥ずかしくなる。シュエラにふさわしい侍女になるべく日々努力してきたつもりだけれど、まだまだ至らないところだらけ。

しかし今はそのことを考えている場合ではない。この三日間ヘリオットが懸命に探し続けてきた人物が自分からやってきたのだ。この機を利用しない手はない。

「――ヘリオット様を呼んできて」

「え？」

つぶやきに近いセシールの言葉を、側に立つ衛兵が拾う。

「ヘリオット様にお伝えしてください。〝仕立て屋を保護した〟と」

「仕立て屋!?」

詰所の外で、ざわめきが起こる。舞踏会の一件はここ三日間、城内を騒がせていた話題だ。その鍵となる人物が来たと聞けば、色めき立つのも当然だ。

「今ならまだ、城内にいらっしゃるはずです。早く！」

セシールの切羽詰まった声を聞き、衛兵は人ごみをかき分けて走っていく。

セシールはテーブルを回って仕立て屋に近づき、そっと声をかけた。

「シュエラ様付きの侍女を務める、セシールです。安心して。国王陛下の側近であるヘリオット様が、あなたを守ってくださいます。ヘリオット様が到着されるまで、わたくしが責任を持ってあなたを守りましょう」

仕立て屋は喜びと安堵の表情を見せたものの、すぐに悲愴な顔をしてセシールにすがりつく。

「――お、お願いします……っ！　コリンを、知人を助けてください……！」

必死に訴える仕立て屋を、セシールは近くの椅子に座らせた。それから自分も椅子に座り、仕立て屋の顔を覗き込んで優しく話しかける。

「ヘリオット様なら何とかしてくださるわ。ただ、こちらに来られるまでに少し時間がかかると思うの。だから、今の内に何があったのか教えてちょうだい」

シュエラのドレスを受注して少しした頃、仕立て屋はある男性と知り合い、親しくなった。あまり男性にちやほやされたことのない仕立て屋はのぼせ上がってしまい、男性に言われるまま同じドレスをもう一着作ってしまう。〝今をときめく愛妾《あいしょう》が着るドレスと同じものが欲しいと妹にせがまれた〟〝決して公《おおやけ》の場には出さないと約束するから〟という言葉を信じて。その後何だかんだと言いくるめられてドレスの完成が遅れ、シュエラにドレスを引き渡すのが舞踏会当日になってしまった。

マントノンの使いの者にドレスを渡したあと、男性は仕立て屋をデートに連れ出すと見せかけ、下街のアパートの一室に閉じ込めた。顔が腫《は》れあがっていたのは、その時抵抗したからだという。閉じ込められてからドレスが何かの悪事に使われたことを察して、仕立て屋は激しく後悔した。やがて仕立て屋は別の場所に移されることになり、いよいよ命の危険を感じた時、知人の男性に助けられて逃走することができた。その知人が囮《おとり》になってくれたことで追手を撒《ま》くことができたが、仕立て屋の身が安全になったとは言い切れないし、何より知人の身が危ぶまれた。そこで仮縫いの時に優しくしてくれたシュエラならば助けてくれるかもしれないと思い、罰せられるのを覚悟して王城へやって来たという。

詰所の入り口や窓の外に集まった人々は仕立て屋の話に聞き入っている。セシールはその空気を感じ取りながら、仕立て屋から目を逸らさず、彼女がつっかえる度に控えめに声をかけて続きを促《うなが》す。

「ど、どんなおとがめを受けることになっても構いません！　ですから……っ」

「その知人を助けてほしいのね？」

「そうです！　お願いします！　は、早くしないとコリンが！」

「ええ、急ぎましょう。――ヘリオット様」

セシールが名を呼んで入り口を見ると、そこにヘリオットが立っていた。彼は中に入ってきて仕立て屋に声をかける。

「話はだいたい聞いた。人手を回して救出に向かおう。そのコリンという人物とどこで別れたか、案内してほしい」

「ありがとうございます――あっ」

勢いよく立ち上がった仕立て屋は、よろけて転びそうになった。セシールは彼女に手を貸しながら、ヘリオットにこっそり満足げな笑みを見せる。

それに気付いたヘリオットは、セシールに苦笑を返した。

ヘリオットにはわかったのだろう。セシールがわざと衆目《しゅうもく》を集めて仕立て屋に話をさせたのだと。仕立て屋の身柄を確保し、衛兵にヘリオットを呼びに行ってもらった時、これだけでは駄目だとセシールは思った。ラダム公爵に対抗するためには、事実を人々の前で明らかにし、信じさせなければならないと。

一平民の仕立て屋の証言など、公《おおやけ》の場に出してもラダム公爵に一蹴《いっしゅう》されてしまう。そうでなくとも大抵の貴族は、平民の言葉に重きを置かない。下手をすれば、仕立て屋の証言はシュエラ側に都合よく改ざんされたものだということにされかねない。そうさせないためにも、セシールは真実を人々に見せつけたかった。

舞踏会での一件に注目している人々は、真実を知りたがっている。シュエラに救いを求めて王城にやってきた仕立て屋、その仕立て屋の口から語られる話。仕立て屋の酷い怪我と怯えよう。そしてシュエラの侍女がやってきたとわかった途端、緊張が緩んだように泣き出したところを見れば、その証言が嘘だと思う者はまずいない。

真実は、それを知った者から知りたい者へと伝わっていく。

そして話が広まるにつれ、王城では王妃への非難が高まっていった。

その日の仕事が終わり、夜番《よばん》のマチルダ以外の侍女はシュエラの居室を後にする。

西館を出て人気《ひとけ》がなくなったところで、カチュアが鬱憤《うっぷん》を晴らすようにわめいた。

「あーもう！　納得いかない！」

「納得いかなくても何でも、国王陛下のご指示には従わなくちゃならないの」

そう言って、フィーナがカチュアをたしなめる。

仕立て屋から話を聞いたセシールが、シュエラの居室に戻って少ししてからのことだった。侍従《じじゅう》がやってきてセシールを廊下に呼び出し、仕立て屋が見つかった話をシュエラにしないようにというシグルドの指示を伝えた。それをセシールがシュエラに気付かれないよう侍女のみんなに伝えたのだけれど、カチュアはどうにも納得できないらしい。

一方セシールは、この指示を何となく予測していた。つまりシグルドは、今のところ公の場で事の究明に乗り出すつもりはないということだ。仕立て屋の証言だけでは、黒幕であるラダム公爵を罪に問うことまではできない。謀略に長《た》けたラダム公爵のこと、仕立て屋をたぶらかした男からも自分のことが漏れないよう手配しているはずだ。

そうなると、罪の所在を明らかにするには、王妃を責めるしかなくなる。だが王妃はいくら責められようが、一切証言しないだろう。伯父であり後見でもあるラダム公爵の罪は、どのみち王妃にも跳ね返ってくるからだ。

シグルドと王妃は幼馴染《おさななじみ》だったというから、王妃だけを追い詰める結果になるなら、シグルドが公《おおやけ》の場でこの件を追及するとは思えない。幸い仕立て屋の証言によって、シュエラに罪がないことは周知の事実となった。ならば噂が鎮《しず》まり、人々がこの件について忘れるのを待つしかない。

そう考えれば、シュエラに仕立て屋の話を伝えるのは望ましくない。

シュエラは舞踏会の前に、シグルドから王妃の話を聞いたという。どういった話がされたのかはわからないが、恐らく国王と王妃の絆を示すようなものだったのだろう。以来、シュエラは事あるごとに王妃を気遣っている。仕立て屋が見つかった話をすれば、それによってもたらされた結果も知りたいと思うだろう。聡明なシュエラなら、ラダム公爵の罪が明らかになっていないと知れば、王妃が非難されていることもすぐに察するはず。王妃のことで心を痛めながら時が過ぎるのを待つより、仕立て屋が未だ見つからないことにしたほうがシュエラの心に負担がかからないと、シグルドも考えたのだと思う。

カチュアにもそのように伝えたけれど、彼女はしぶしぶ黙っていただけだった。今もシュエラに伝えるべきだと考えているようで、不満そうに話し出す。

「シュエラ様も仕立て屋の行方は気にしてたから、むしろ知ったほうがすっきりすると思うのよ。

それに公《おおやけ》の場で争わなくったって、シュエラ様の勝ちは決まったも同然でしょ？」

セシールはどう説明したものかと困ったものの、言葉を探してたしなめる。

「カチュア、この件は勝ち負けの問題ではないのよ。シュエラ様のお心の負担を考えたら、内緒にしておくことは正しいとわたしも思うの」

カチュアはさらに憤慨《ふんがい》した。

「でもそんな風にシュエラ様を気遣うなら、陛下ってば何で来るのをやめちゃうわけ？　こんな時こそ側にいてほしいって、どうして男はわかろうとしないのかしら!?」

「カ、カチュア！」

フィーナが慌ててカチュアの口をふさぐ。

大声で言うのはどうかと思うけれど、セシールもそれについてはカチュアと同意見だ。

こんな時こそシュエラにはシグルドの支えが必要だろうに、シグルドは今日から、夜も昼間のお茶の時間にも行けないとシュエラに告げたのだという。王妃と愛妾《あいしょう》といえば、国王を巡るライバル同士。言わば恋敵である王妃のことを気遣わせるような振る舞いといい、シグルドにはもっとシュエラに対して配慮してほしいとセシールは思っている。口にすれば無礼になってしまうから、黙っているけれど。

「他の人に聞かれたらマズいことを、そんなに大声でしゃべらないで」

カチュアの口をふさいだまま、フィーナは小声で叱りつける。そこに、「わたくしは聞いてもよかったのかしら？」と思ってもみなかった声がかかって、セシールはぎくっと体を強張らせた。

カレンだった。側を歩いていると知っていたけれど、声をかけられるとは思わなかったのだ。

カレン、そしてもう一人の侍女マチルダとは仲が悪いわけではない。ただプライベートでは一度も話しかけられたことがなく、またセシールも身分を憚《はばか》って声をかけられずにいた。カチュアとフィーナもセシールと同じだったらしく、目を丸くして言葉もない。

するとカレンは残念そうに微笑んだ。

「やっぱり迷惑かしら？」

「いいえ、迷惑だなんてとんでもない！」

我に返ったカチュアがすかさず答える。フィーナも続けて言った。

「よろしければ、食事も一緒になさいますか？」

「ええ、ぜひ。それと昼間は簡単な話しか聞いてないから、詳しく教えてもらえると嬉しいわ」

カレンはそう言いながら、シュエラもよくするような、おっとりした上品な笑みを浮かべた。


侍女棟の食堂に入る手前から、侍女たちの噂話が聞こえてきた。

「やっぱり、シュエラ様が王妃様に対抗しようなんてお考えになるはずがなかったのよ」

「でもそうすると、わざと同じドレスを作らせたのは……」

「最近のシュエラ様の人気に、危機感を持たれたんじゃないかしら？」

「何か、今までとイメージが変わっちゃった。そうまでしてシュエラ様を排除なさりたいなんて」

「しっ、滅多なこと言わないほうがいいわよ」

会話の内容から、おおっぴらではないが王妃を非難している様子が窺《うかが》える。王妃は皆から慕われていたが、慕う気持ちはささいなことがきっかけで反転するらしい。だが、常に王妃のドレスを用意してきた後見、ラダム公爵を疑う言葉は、一つも聞こえてこない。ラダム公爵に対する感情は王妃へのそれとは違う。反感を口にするだけでも、自分や自分の家族が危うくなるのではと皆恐れているのだ。

カレンが、食堂に入る前に足を止めた。

「この中で食事をしたら、わたくしたち注目の的ね。よかったらわたくしの部屋で食事をしない？」

この申し出に甘えて、セシールたちは食事を載せたトレイを持ってカレンの部屋に移動する。

子爵家の娘で、クリフォード公爵とも血縁のあるカレンの部屋は、間違いなく侍女の中で最高ランクのものだった。ベッドはセシールが使っているものより一回り大きく、寝具も見るからに上質だ。椅子と机も、華美ではないが塗りが施され、艶《つや》やかに光っている。部屋そのものも広く、ベッド以外にテーブルやタンスも置かれている。

「椅子は三つしかないから、一人はベッドに座らなければならないけれど」

仕事の時も気取らない人だとは思っていたけれど、こうしてプライベートで話してみると、思っていた以上に気さくな人だとわかる。貴族の令嬢は自分より身分が低い相手を見下す傾向があるけれど、カレンはシュエラと同じで、そういう差別意識がないらしい。

真っ先にふかふかのベッドに座ったカチュアに苦笑しながら、丸テーブルと机、椅子を並べ、みんなで席に着いた。

「それじゃあ、最初から話してもらえるかしら？」

食事を始めてすぐにカレンから言われ、セシールは衛兵が呼びに来たところから話し始める。

そして、ヘリオットが仕立て屋の知人を救うべく、彼女と一緒に城下に向かったことを話すと、カレンははらはらした様子で尋ねてきた。

「それで、仕立て屋の知人は無事だったの？」

「まだわからないんです。ヘリオット様が戻ってこられたという話も聞きませんし……」

セシールも心配になって、声が沈む。室内に沈黙が降りかけたその時、カチュアが得意げに言った。

「あたし知ってますよ。何だかんだあったみたいですけど、仕立て屋の知人は無事保護できたそうです。追手は二人捕まって、でも他にもいるから今も城下を探索中ですって」

「本当？　よかった！」

嬉しそうに声を上げるカレンの斜め向かいで、フィーナが顔をしかめてカチュアを睨む。

「もしかして、ご夕食のワゴンを片付けに行く途中で聞き回ってきたの？　道理で戻ってくるのが遅いと思った！」

さすがにいけないことをしたと感じているのか、カチュアは肩をすぼめて反論する。

「でも、ちゃんとシュエラ様のご入浴の時間には戻ってきたじゃない」

「カチュアが戻るのを待ってたの！」

「ま、まあともかく、ひと安心できるところまで話が聞けてよかったわ。それと、カチュアとセシールがヘリオット様に協力してたって話を、もうちょっと詳しく知りたいの。断片的にしか聞いてないから、マチルダと二人で〝何が起こってるのか知りたい～〟ってやきもきしていたのよ」

取りなしながら話題を変えてくれたカレンに、カチュアは嬉々として説明する。そして最後に、

「こんなことくらい、遠慮なく聞いてくだされればよかったのに」と付け足す。するとカレンはためらいがちに打ち明けた。

「それがねぇ……あなたたちってとっても仲良しじゃない？　だから間に入りこむのに気が引けちゃって」

セシールたち三人は、意外な言葉に目をしばたたかせる。その様子を見て、カレンは苦笑した。

「なぁに？　わたくしたちが〝あなたたちとは身分が違うのよ〟と思ってたとでも？　違うわよ。機会があったら仲良くしたいって、ずっと思ってたわ。これからはわたくしたちも交ぜてね」

茶目っ気を含んだ声音で言われ、我に返ったセシールは慌てて返事をする。

「は、はい！　それはもちろん」

「そんなにかしこまらないでちょうだい。わたくしもマチルダも、そういうのをあまり気にしないから。だからケヴィン様は、わたくしたちをシュエラ様の侍女に選んだんだと思うの。シュエラ様もあまりかしこまられるのがお好きではないでしょう？　シュエラ様はわたくしたちが侍女になる前、いろいろと苦労されたそうだから、きっとケヴィン様も気楽にして差し上げたかったんだと思うの。そうそう。シュエラ様は王城に上がられる前にケヴィン様のご実家にいらっしゃったんだけど、面白かったわよー……ケヴィン様が」

「えっ！　何ですか？　それ」

カチュアが身を乗り出して聞くと、カレンは嬉しそうに口の端を上げる。

「シュエラ様が何かなさる度に、ケヴィン様ったら眉間にしわを寄せて、がみがみ説教なさってたの。〝淑女が庭師と同じように庭でしゃがみ込まないでください〟〝城に賓客《ひんきゃく》として上がってもらうのですから、お風呂も着替えも人に任せることに慣れてもらわなければ困ります〟。他にもいろいろあったんだけど、いちいち振り回されて目くじら立てるケヴィン様が面白くって！」

「あのケヴィン様でも振り回されちゃうことあるんですね」

フィーナが少し放心した様子で言う。セシールはふと思い出した。

「そういえば、シュエラ様が愛妾《あいしょう》候補でいらっしゃった時にもそんなことがありました」

「あ！　それも聞きたかったの！　〝魔法の紅茶〟って何？」

カレンにせっつかれ、セシールは候補だった頃のシュエラのことをいろいろと話し始めた。


翌朝、この時のことを話すと、夜番《よばん》で加われなかったマチルダはこぶしを握って悔しがった。

「ずるい！　わたしも交ざりたかった！」

マチルダのこの反応も、意外過ぎてびっくりだ。

「わたしだって詳しい話知りたいのに！」

「まあまあ、あとで話してあげるから」

なだめるカレンに、マチルダは頬をふくらませる。

「あとっていつよ？　今日は全然休憩が重ならないじゃない」

「わたくしと昼休憩が重なりますから、よろしければわたくしから……」

セシールが申し出ると、マチルダは飛びつかんばかりの勢いで礼を言ってくる。

「ホント？　ありがとう、セシール！」

そこに、遠慮がちにフィーナが告げた。

「あの……そろそろシュエラ様も起きてらっしゃるのではないでしょうか？」

「そうね。行きましょうか」

カレンがそう返事をすると、全員寝室の扉に向かう。

「――それではノックします」

扉の一番前に立ったフィーナが、軽やかな音を立てて二度ノックする。

こうして、今日一日の仕事が始まった。


不承不承ながらも一度はシグルドの指示に従うことにしたカチュアだったが、やはり納得はしていなかった。

舞踏会から二週間ほど過ぎたある日、カチュアは口を滑らせたふりをして、王妃への非難が高まっていることをシュエラに話してしまう。その途端、シュエラは思わぬ剣幕でカチュアに詰め寄った。その様子にカチュアも後悔したようだったが、もう遅い。青ざめ言葉を詰まらせたカチュアに代わって、セシールがかいつまんで説明する。

話を聞いた後、シュエラは思わぬ行動に出た。

「王妃陛下への面会の手続きをしてちょうだい」

愛妾《あいしょう》であり、現在王妃側と対立が深まっているシュエラに、面会の許可が降りるわけがない。そこでシュエラたちは、いろいろと融通を利かせてくれるだろうヘリオットに相談することにした。すると彼は、王妃が絶対に面会を断れない人物として、クリフォード公爵の名を挙げた。王妃は仕立て屋の証言が広まった頃から、面会を断って北館に籠《こも》り続けているという。だが、ラダム公爵と同じ三公爵の一人であるクリフォード公爵までは、断り切れないはずだ。

読み通り王妃から承諾の旨が伝えられると、侍女たちは早速シュエラの支度に取りかかる。大急ぎでドレスを替え、髪を結い上げて化粧を施した。

「何かあった時にすぐ対応できるよう、せめて北館前までお供いたします」

セシールがそう申し出ると、侍女のみんなも同行すると言い出した。そこでカレンがマントノンから預かっていた鍵を使って戸締まりをし、全員で行くことになった。

クリフォード公爵を先頭に、シュエラ、セシールたち侍女、ヘリオットの順に列になって、王城内の高台に位置する北館に向かう。

この頃になると、カチュアは先ほどまで青くなっていたのが嘘のように、シュエラが何をしようとしているのかとうずうずしていた。そのカチュアがシュエラの邪魔をしやしないかとハラハラしているフィーナ。そんな二人を見てシュエラへの注意が削《そ》がれているらしいカレンとマチルダ。

侍女たちの最後尾を歩くセシールは、シュエラの心配をしつつも、背後を気にせずにはいられなかった。

ヘリオットと会うのは、助けを求めた仕立て屋が王城を訪れて以来だ。つまり、いきなり生垣の裏に引っ張り込まれて、乱暴にキスされたあの日以来ということで……。

不意にそんなことを思い出してしまい、セシールは顔を赤らめてしまう。みんな前を向いているから誰も見ていないのだけれど、恥ずかしくてついうつむいてしまう。

北館に到着し、クリフォード公爵に続いてシュエラも入ろうとすると、案の定入り口を守っていた衛兵に止められる。クリフォード公爵は「一人で伺うとは伝えていない」と言い張って、シュエラを伴い半ば強引に北館に入っていった。

さすがにセシールたちは同行できないため、北館の入り口から少し離れたところで待機する。

衛兵たちに警戒の目を向けられながらも、姿勢を正してすましていると、何やら下のほうから騒々しい声と足音が聞こえてきた。本館に続く連絡通路へ目だけ向けると、ゆるやかな坂をシグルドが駆け上がってくるのが見える。

シグルドは、セシールたちと一緒に並んでいるヘリオットに気付き、目を吊り上げて叫んだ。

「ヘリオットっ！　おまえという奴は！」

正面を向いたまま、何食わぬ顔をしてヘリオットは言う。

「わたしを怒るのは後回しにしたほうがいいのでは？　シュエラ様はとっくに北館の中ですよ」

「~~~~~~くそっ！」

シグルドは悪態をつきながら、ヘリオットやセシールたちの目の前を駆け抜ける。その勢いで北館に飛び込もうとすると、衛兵たちに阻《はば》まれた。

「許可を得て参りますので、しばしお待ちを！」

「誰の許可だ⁉　国王である俺に許可なんかいるか！　通せ！」

シグルドの普段とはかけ離れた口の悪さにセシールたちが唖然としていると、ヘリオットがのんびりした口調で言う。

「素に戻っちゃってまぁ……でも、いつもあれくらい強気でいればいいのにね」

慌てた衛兵たちが両脇に退くと、シグルドは自分で扉を開けて飛び込んでいく。続いて、追いついてきた近衛隊士《このえたいし》たちが、衛兵が止めるのも無視して押し入った。

彼らより少し遅れてやってきたケヴィンが、息を切らせながらヘリオットの前で立ち止まる。

「おまえは何故ここで突っ立っている！　シュエラ様はご無事か⁉」

「身長あるのに相変わらず足遅いな、ケヴィン。――ってそれはいいとして、何で〝無事〟とかいう話になってるワケ？　俺はただ〝シュエラ様が王妃陛下に面会を求めて、北館に向かってる〟としか伝言頼んでないんだけど」

ヘリオットが呆れたように笑うと、ケヴィンは先ほどのシグルドのように目を吊り上げた。

「おまえ、わざと時間をずらして伝言したな⁉」

「シュエラ様が北館に入るのを阻止されちゃ困るからね」

「やはりおまえの差し金か！」

「人聞き悪いなぁ。俺はシュエラ様に頼まれて、王妃陛下への面会の手はずを整えただけだって」

「シュエラ様が何故王妃陛下との面会を望む!? おまえが何か吹き込んだんだろう！」

胸倉を掴まんばかりに詰め寄るケヴィンに、ヘリオットは心外だというように肩をすくめる。

「俺が呼ばれて行った時には、そういう話になってたんだって。だよね？」

同意を求めてヘリオットが侍女たちを見渡すと、カチュアが嬉々として返事をした。

「そーです！ シュエラ様は王妃陛下が非難されてるって聞いて、ご自分から面会したいっておっしゃったんですから」

「それで？ 誰がシュエラ様にその話を？」

こめかみに青筋を立てながらケヴィンが尋ねると、カチュアは「あ……」とつぶやいて口元を手で隠す。ケヴィンは額に手を当ててため息をついた。

そんなケヴィンにヘリオットが慰めるような口調で言う。

「まあクリフォード公爵がご一緒だし、大事《おおごと》にならないよう取り計らってくださると思うよ」

ケヴィンは顔を上げ、意外そうにヘリオットを見る。

「父が？」

「シュエラ様はもちろんだけど、俺の名前を使ったって王妃陛下への面会が許可されるとは思わなかったんでね。話をして協力を仰いだら、面白がっておられたよ」

「父もグルなのか……ならば仕方ない。大人しく待つことにしよう」

ケヴィンは再び額を押さえてため息混じりに言うと、衛兵たちが閉ざした北館の入り口に目をやった。

それからさほど時を置かず、シュエラたちが北館から出てきた。入る時とは打って変わって晴々とした顔のシュエラは、何をしに行ったのかというカチュアの問いに、にっこり笑って答えた。

「王妃陛下にお友達になっていただきに行ったの。王妃陛下に非難が集まるのは、わたくしと仲が悪いということになっているからでしょう？　だから仲良くなってしまえば、わたくしたちのどちらかが悪いなんて言われなくなるんじゃないかって気付いて」

これにはセシールも唖然としてしまう。公《おおやけ》で罪が問われていない以上、問題となるのは噂と、それを耳にした人々の感情だけだ。人は対立するものを見ると概して白黒はっきりさせたがる。王妃をいくら非難したところで、王妃自身が非を認めない限り彼らの気は収まらないだろう。それをシュエラは、王妃と愛妾《あいしょう》が友達になるという大事件を起こすことで煙《けむ》に巻いてしまったのだ。

人々は、シュエラと王妃が仲良く散歩している姿を見て驚愕した。〝あれほど仲がいいのなら対立するわけがない〟という話題は、やがて〝ならば、あの同じデザインのドレスはどこから？〟という話に移り変わり、ほんのわずかではあるけれど、ラダム公爵が関わっていると言及する声も聞かれるようになる。

さらにシュエラは王妃を自分の居室にまで招くようになり、ついにはシグルドと王妃を同じお茶の席に招き、二人の仲の取り持ちまでしようとする。そんな三人の様子に、その場に居合わせた人々は笑いの渦に巻き込まれた。

ヘリオットは翌日になってもそのことに触れずにはいられなかったらしく、シュエラとシグルドだけのお茶の席で笑いをこらえながら言った。

「シュエラ様は案外策士ですよね。昨日のような形で、陛下に意趣返しなさるとは思ってもみませんでした」

国王には王妃の他に愛妾を持つことが認められているとはいえ、二人が目の前に並んだ光景はシグルドをいたたまれない気分にさせただろう。耐えかねたシグルドが謝罪を口にするのを聞いて、セシールも笑ってしまった。

が、当のシュエラは自分が何をしたのかわかっていないらしい。拗《す》ねたように眉間にしわを寄せて言い返す。

「ですからわたくしには、陛下に意趣返しする理由など何もないのです」

あると思うんですけど……

他の侍女たちと整列して控えながら、セシールは心の中でつぶやく。舞踏会の一件でシュエラがつらい思いをしたのは、シグルドのせいでもある。シグルドが王妃の話などするから、シュエラは王妃を気遣い、舞踏会で自らが屈辱的な方法で退場することを選んだ。愛妾であるシュエラが、臣下の一人として王妃を立てなければならなかったのは確かだ。それでも、そういったことがなければ、シュエラもあそこまで思い切ったことはしなかったと思う。

昨日の出来事は、正直胸がすく思いがした。あの時のシグルドの様子を見れば、シグルドがエミリアに恋をしていないのは明らかだ。なのに愛する人《シュエラ》からその人との仲を取り持たれて、シグルドはさぞやショックだったろう。それもシグルドが引き起こしたことだ。これから時間をかけて、愛しているのはシュエラただ一人だとわかってもらえるよう努力すればいい。

そのシュエラだが、今はシグルドの想いには全く考えが及ばないらしい。

「それに策士って何ですか？　わたくし、策士と呼ばれるほど悪どいことなんて考えていません」

昨日から誰に聞いても〝意趣返し〟について答えてもらえないせいか、シュエラは早々に話を切り替える。眉間のしわをさらに深くしたシュエラに、シグルドは諦めたような笑みを浮かべながら優しく話しかけた。

「策士は策士でも、シュエラはよいことを考える策士だな。そなたのおかげで、エミリアも長年の気鬱《きうつ》を晴らすことができた。余からも礼を言う」

「……もったいないお言葉にございます」

シュエラは動揺して一瞬返事をするのが遅れたものの、すぐにいつものように柔らかく微笑む。

舞踏会のすぐあとにシュエラのもとを訪れなくなったことといい、シグルドは何でこうシュエラに対して気遣いができないのか。シュエラがどんな思いでエミリアとの仲を取り持とうとしているのか、わかっていないのだろうか？

「〝余からも礼を言う〟なんて王妃陛下の側《がわ》に立つようなお言葉を、どうしてシュエラ様の前でおっしゃるんでしょう？　シュエラ様は笑っていらしても、きっと身を切られるようなつらい思いをなさっているでしょうに」

生垣の陰で、ヘリオットの膝の上に抱かれながらセシールは小声で言う。セシールのおくれ毛を指で弄《もてあそ》んでいたヘリオットは、苦笑してセシールの前髪を撫《な》でた。

「陛下も余裕がないんだよ。恋愛らしい恋愛をするのは、シュエラ様が初めてだから」

「それでは王妃陛下は？　周囲の反対を押し切ってまで、王妃になさったじゃありませんか」

「王妃にしたのは、ラダム公爵の手から守るためだ。公爵は、王妃陛下に意に染まない結婚を強要したというからね。完全な同情だよ。確かに王妃陛下は初恋の人らしいけど、幼い頃の初恋なんて友情や親愛と区別がつかないような代物だろ。お二人とも大人になって、あれは恋ではなかったと理解したから、シュエラ様の招待に応じて顔を合わせたんだ。そうでなかったら、どちらともシュエラ様に遠慮して、あのお茶会は断っていたさ」

「……初恋が恋じゃないなんて、そんなことわかりません」

ヘリオットにはそんな初恋の経験があるのだろうかと思うと、胸がむかむかしてくる。セシールの気も知らず、ヘリオットはにやにやと笑った。

「へえ……君には初恋の経験がないんだ？」

「――っ！　知りません！」

逃れようとするけれど、ヘリオットは離してくれない。その上耳元で囁《ささや》いてくる。

「陛下が夜の訪《おとな》いを再開されたから、時間が経てばお二人の仲はきっと元通りになるさ。――それより、せっかく二人きりになれたんだから、もっと有意義なことしない？」

それは何かと問う間もなく、ヘリオットはセシールの顎《あご》を持ち上げて、口元に覆い被さってくる。

そんなに激しくはないけれど、久しぶりのキスにセシールはすぐさま酔いしれる。

胸の高鳴りと心地よさでぼうっとする頭の片隅で、セシールもまた、シュエラとシグルドのことは時が解決してくれるといい、と思った。


ところが、それからさほど経たないうちに、新たな事件が発生する。

王太子ウィルフレッドの生還。

隣国での戦争の折、当時の国王とともに死去したはずだった。だが実際は、行方不明になっていただけだったという。敗走の混乱をいち早く収束させるために死亡したと報じ、シグルドが王国軍の指揮権を掌握して撤退時の損害を最小限に留めた。その後、秘密裏に捜索を続けていたが、三年以上経って、ようやく見つかったのだという。

ただ、シグルドより王位継承権が上であるウィルフレッドが生きていたと知れ渡ると、国に大きな混乱を招く。とっさの判断でウィルフレッドはシュエラの寝室にかくまわれ、シュエラが病に臥《ふ》したという理由で、居室の周辺に厳戒態勢が敷かれる。

このことを知る者は可能な限り少ないほうがいい——そういった判断から、かくまう際に居合わせた者たちだけでウィルフレッドの世話をすることになった。

ところが、ウィルフレッドはかくまわれたその夜に高熱を出し、昼夜を徹した看病が行われることなる。

女性の部屋であるため、ケヴィンやヘリオットは長く滞在できず、シグルドも政務があるので四六時中いるわけにはいかない。エミリアも見舞いと称して滞在するには限界があるし、エミリア付の女官アンナだけを寄越すにしても不審を抱かれる危険がある。

そんな中でも、マントノンは自分と侍女たちの職務を全うしようとした。ウィフルレッドの看病はもちろんのこと、部屋に籠《こも》らなければならないシュエラの世話を行い、訪れるシグルドやエミリアに不便をかけないようにと采配《さいはい》を振るう。

そのしわ寄せはマントノン自身と、シュエラに仕えるセシールたち五人の侍女にかかってきた。

仕事自体はそんなに重労働ではない。ただ今までは夜は一人、昼は二人だけになることもあったのに、今は夜は二人、昼も交代で休憩を取りつつ、常に四人以上室内に留まる、という当番割だ。それをたった六人で回していかなくてはならない。そのため深刻となったのが、睡眠不足だった。三日に一度の割合で丸一日以上、それ以外の時もいつもより長く仕事に就いていなくてはならず、仮眠する隙もない。

マントノンの考えはわかる。セシールも上級貴族の家で働いていた時から、〝主人や主人の客に不便をかけないために我が身も削るのが仕える者の務め〟と教え込まれている。

もちろん、マントノンとて非道ではない。仕事量に対して適正な数の人員を配する必要性は理解している。だが今は、秘密を守るため、シュエラの居室に新しく人を入れるわけにはいかなかった。

その代わりマントノンは、早め早めにやってきて前の当番の者と交代し、さらには自分の当番の時間を長くすることで侍女たちの負担を減らそうとする。

マントノンが加わり、六人で当番を回すようになったため、常に同じ二人で組になる。マントノンと組んだのはセシールだった。セシールは他の四人と比べ侍女になって長いこともあり、こういう無理には慣れている。だからマントノンに合わせて長く当番に就いていたのだが、それでも睡眠不足で日に日に体力が奪われ、仕事中はしゃんとしていても、侍女棟との行き帰りはへろへろだった。

食事しなくてもいいから、眠りたい……

眠るにしても侍女棟まで戻らなければならず、眠ったら次の当番の時間までに起きられない。当番に遅刻することなく睡眠を補える方法はないものか。眠気で上手く回らない頭で考えながら、西館から本館へとつながる連絡通路をふらふら歩いていると、その途中で待ち伏せていたヘリオットと行き合った。

「ごめんなさい。今はヘリオット様の〝頼みごと〟は」

全てを言い終わらないうちに、二の腕を掴まれ引っ張られる。セシールは抵抗する気力もなく、ただヘリオットに引きずられるまま、入り組んだ生垣の奥へと連れ込まれた。

ヘリオットはいつものように茂みの陰に腰を下ろし、セシールを膝の上に座らせる。

そしてセシールの頭を肩口にもたれさせて囁《ささや》いた。

「眠って」

セシールは驚いてヘリオットの顔を見上げる。すると彼は苦笑して、セシールの背を支えつつ反

対の手で前髪をくしゃっと撫《な》でた。

「少しでも寝たいんでしょ？　時間になったら起こしてあげるから、ぐっすりとお休み」

そうは言われても、胸がどきどきして眠るどころじゃない。

「あ、あの。離してください……」

「何？　眠るより食事がしたかった？」

こういう尋ねられ方をしたら、首を横に振るしかない。ヘリオットはまた苦笑した。

「何もしないから、安心して？」

冗談めかした口調に、セシールの口元も思わずほころぶ。

肩に回された手が、赤ん坊をあやすようにセシールの体を揺する。

胸の鼓動より、眠気が勝ったのはすぐのことだった。それから瞼《まぶた》が重くなって目を開けていられなくなり、体から力が抜けていく。

吸い込まれるように眠りに落ちていく中、額に柔らかいものが触れた気がした。


シュエラが再三「無理はしないで」と頼んでも一向に変わらなかったマントノンの采配《さいはい》は、看病を始めて二週間になろうという頃、エミリアのこの言葉によって変更を余儀なくされた。

「無理をして誰かが倒れたりしたら、それこそ立ちゆかなくなってしまうわ。勤めに忠実なのもよいけれど、限られた中で使える者は最大限に利用して、うまく回すことも考えてちょうだい」

その後、看護態勢は大きく改善された。昼間はエミリアとアンナも看病に入り、食事の給仕やシュエラの身支度など、これまでより少ない人数でまかなうよう当番が組み直される。

エミリアはマントノンだけでなく、シュエラをも教え諭《さと》した。

「仕える者たちに強要しないのはシュエラ様の美徳かもしれませんが、時に厳[illegible]も必要だと覚えてください。いくら主人が望んでいても、命令という強制力がなけ[illegible]とることもあるのです。その辺りも察してやることが、主人としての務めですわ」

人の上に立つ者としての心構え。ずっと口を挟みたそうにしていたのに、ぎりぎりまで出[illegible]るのを控え、シュエラの決断を待った忍耐強さ。同時に、仕える人間にも配慮するエミリアの姿勢[illegible]に、多くの人に慕われている理由が窺《うかが》えた。

ともあれ仕事の時間が大幅に減り、睡眠不足は解消され、誰かが倒れてさらなる人手不足に陥るという事態は回避された。


仕事が楽になると、ヘリオットは再び〝頼みごと〟のために、セシールを生垣の奥に連れていくようになった。

お互いしばらく忙しくそういうことをしていなかったせいか、ヘリオットの手や唇が、以前よりも執拗《しつよう》になった気がする。セシールを抱き寄せる腕の力は強くなり、口づけの時間は以前より長くなった。口づけの間、もう一方の手は耳の裏や首筋、時に侍女服の上からではあるが、お腹や腿《もも》まで触れてくる。

油断すれば胸を触られたり、襟元のボタンを外される。なのでセシールは、どきどきしてぼうっとしつつも、ヘリオットの手を手探りで下に押しやる。

口づけの合間に、息を切らしながらセシールは尋ねた。

「ヘリオット様……お仕事はいいんですか？」

それを聞いたヘリオットは残念そうなため息をつき、もう一度唇を近づけようとする。

「最近暇でさ。だから構ってよ」

声音にからかいが混じっていることにむっとしたセシールは、思い切りヘリオットを押しのけた。

「嘘おっしゃらないでください！　お忙しいに決まってるじゃないですか。最近、隣国の民の受け入れの件で国王陛下がお忙しくされているのに。長官方が陛下を追ってシュエラ様の居室にまでお越しになられるくらいなのですから、側近であるヘリオット様だって」

「あれ？　バレた？」

「バレるバレないという話じゃないと思うんですけど」

キスしたり触れたりしてくるくせに、彼のセシールに対する態度は子ども扱いそのものだ。

そのことに腹が立って立ち上がろうとすると、ヘリオットはやんわりと抱きしめて止める。

「ごめんごめん。ホントは忙しすぎてへとへとなんだ。――慰めてよ」

からかわないでくださいという抗議の声は、ヘリオットの唇に吸い取られてしまう。

息の切れる頃、ようやく唇が解放され、セシールは胸を上下させながら言った。

「お疲れでしたら、お部屋に戻って休まれたほうがいいのではありませんか、

「こっちのが、疲れ吹き飛ぶんだよなぁ……」

そうつぶやきながら、ヘリオットはセシールの耳元へと唇を這わせる。

唇以外へのキスは、唇へのそれとは違って、新たなどきどきをセシールにもたらした。

逃げ出したいようなむず痒《がゆ》さと、ずっとこのままでいたいような心地よさ。二つの相反する感覚の間で、心は揺れ動いて定まらない。

わたし、どうしたらいいんだろう……

伴侶《はんりょ》じゃない。婚約者でも、恋人でもない。そんな人とこんなことをして、ふしだらだという自覚はある。これが他人に知られたら、また評判を落とすことになる。

それに、カチュア。

恋人同士でなくても、今の自分たちはたから見ればそのように見えなくもない。こう頻繁に会っていたのでは、いつか誰かに気付かれる。

カチュアに気付かれたら、どうしたらいいんだろう……

物思いに沈みかけたその時、セシールははっと我に返る。

「どこに手を入れてるんですか！」

スカートの裾から入り込んだヘリオットの手を、セシールは慌てて押しのけた。

直後、大きな声を出してしまったのに気付き、ひやひやする。身をすくめ耳をすませていると、ヘリオットは肩を揺すって声を立てずに笑う。セシールはそんな彼を見上げて睨んだ。

ヘリオットは、こういうことをしていると他人に知られても平気なのだろうか？　……平気なのかもしれない。こうしたことをしてても、男性の場合、さほど評判は傷つかないから。

「こーら。何考え込んでんの？」

同時に額を軽く叩かれ、セシールの意識は自然とヘリオットに向いた。

いつもはどきどきするヘリオットの甘い笑顔も、今は恨めしいばかり。

ヘリオットはまじまじとセシールを見つめたあと、苦笑した。

「そんなかわいい顔で睨まれると、我慢できなくなっちゃうんだけどね」

我慢できなくなるって、何を……？

尋ねる間もなく、セシールは唇をふさがれる。

これのこと——!?

唐突なキスを何とか受け止めている間、セシールの胸は再び高鳴り始める。何度も自分に言い聞かせてはいるけど、こんなことをされてしまっては期待しないなんて無理だ。

どきどきし過ぎて頬が熱い。抱きかかえられているのに、めまいのあまり、落っこちそうな感覚にとらわれる。思わずヘリオットの胸にすがりつくと、彼はセシールをさらに強く抱きしめて耳元でささやいた。

「いいの？　抵抗しないと、最後までやっちゃうよ？」

セシールは慌てふためいて、彼の胸を押しやる。

間近にあるにやにや顔を見て、セシールはかっと頬を火照《ほて》らせた。

またからかわれた……！

セシールは、ヘリオットの腕を乱暴に振りほどいて立ち上がる。

ヘリオットも今度は引き戻そうとしなかった。

そのことを寂しく思う自分に嫌気が差し、セシールはヘリオットからふいと目を逸らす。

「……もうすぐ時間ですから、失礼します」

「またね」

セシールは、振り返らずに歩き始めた。


本当にこんなことをしていてもいいの……？

〝利用してください〟とはセシールが言い出したことだし、ヘリオットにキスされたり触れられたりするのは嫌じゃない。

けれどずっといいように弄《もてあそ》ばれるだけで、その先にヘリオットとのしあわせな未来などない。

それでいいの？　本当にそれがわたしの望んだことなの……？

考え込みながら入り組んだ小道を歩いていると、途中で人とぶつかりそうになった。

「ごめんなさい——カチュア!?」

セシールを認めるや否や、カチュアは身をひるがえして走り出す。カチュアが背を向ける直前、一瞬目が合った。傷ついたような、辛そうな視線。

ここをカチュアが近道に使っていることは知っていた。ヘリオットと一緒にいたのはもっと奥で、声はここまで届かないと思っていた。でもさっきうっかり上げてしまった声と、今のカチュアの表情。彼女にヘリオットとのことを知られてしまったのは、間違いなかった。

「待って！　カチュア、待って！」

セシールはとっさに追いかける。

追いかけてどうするつもりなのかは、考えていなかった。カチュアとの間にこれまで築いてきた友情を壊したくない、その一心で。

だから、カチュアが立ち止まって振り返った時、言葉が出てこなかった。

何が言えるの？　誤解だって？　カチュアが思ってるようなことじゃないって？

ヘリオット様にキスされて、喜んでおきながら――

セシールは今、自分がどんな顔をしているのかわからなかった。ただ、セシールの表情を見たカチュアは、一瞬泣きそうな顔をする。だがすぐに笑顔になると一気にまくし立てた。

「ヘリオット様と上手くいってるみたいね。おめでとう。言っとくけど、あたしはヘリオット様のこと素敵だとは思ってたけど、両想いになろうとか結婚したいとか、そういう大それた夢なんて持ったことないわ。しょせん、あたしは平民だもの。下級貴族の出とはいえ、国王陛下の側近であるヘリオット様と結ばれるなんてありえない。セシールはよかったわね。正真正銘貴族の生まれなんだもの。あんたのほうがまだ望みがあるわ。頑張ってね。――しばらく心の底からは祝福してあげられないけど」

言うだけ言うと、カチュアはセシールに背を向けて再び走り出す。

セシールは、その場に立ち尽くした。

わたし、馬鹿だ……

カチュアに気付かれたらどうしようと思っていながら、何もできずに傷つけて。

わたしは一体どうしたらいいの……？

自分のことなのにわからなくて、そのもどかしさに涙が滲む。


それ以来、カチュアとはぎくしゃくするようになった。仕事中もさりげなく避けられ、仕事で必要に迫られた時だけ、それも最低限の話しかしない。夜一緒に侍女棟に帰ることがあっても、カチュアはフィーナたちとばかり話すか、やることがあるからと言って先に行ってしまう。

嫌われたりするよりはましなのだろう。カチュアがヘリオットを慕っているのは周知の事実なのに、セシールは抜け駆けのような真似をした。罵《ののし》られたって詰《なじ》られたって当然なのに、カチュアはセシールを避ける以外は何もしなくて。ただ、その代わりにカチュアが心に抱え込んでしまったものを思うと、胸が痛くなる。

連絡通路でヘリオットと行き合ったセシールは、いつものように腕を掴まれ、生垣の奥へ奥へと連れていかれた。その途中でセシールは足を止め、初めて抵抗らしい抵抗をする。

「どうかした？」

振り返ったヘリオットが、不思議そうに尋ねてくる。セシールはうつむいて、声を絞り出すように言った。

「——どうしてわたくしなんですか？　カチュアではなく」

泣きそうになっているセシールの気も知らず、ヘリオットはきょとんとする。

「何でカチュアちゃん？」

「とぼけないでください。カチュアの気持ちを知ってるくせに」

セシールの二の腕を掴んだまま、ヘリオットは空いてるほうの手で後ろ頭をかいた。

「あー……まぁ、知ってるからこそ、かな。傷つけたくないんだ。だからカチュアちゃんには触れない。けれどその点、君は――」

「もういいです！」

セシールはヘリオットの手を振りほどき、今通ってきた道を走って戻る。

わたしはやっぱり、ヘリオット様にとってどうでもいい人間なんだ……

傷つけたって構わない、大事にするに値しない人間。

何度打ちのめされたら気が済むんだろう。

貴族の娘に手を出せば責任を取らなければならないことくらい、ヘリオットも承知の上のはず――そんな思い込みにふくらんだ想いを、また打ち砕かれて。

でも違った。責任を取るつもりなんかさらさらないのだ。セシールが「利用してください」と言ったからそのようにした、ただそれだけ。

馬鹿だ。わたし、本当に馬鹿だ……

カチュアに対して抱いていた罪悪感も吹き飛んだ。――罪悪感？　いいえ、カチュアに悪いと思いながらも、優越感を抱いてなかった？　選ばれたのはカチュアではなく、自分だったと。

これはその報いだ。ヘリオットが大事にしているのは、セシールではなくカチュアだった。

走って走って、生垣の隙間から西館と本館をつなぐ連絡通路へと飛び出す。

そこでセシールは、ぎくっとして足を止めた。

「セシール」

アレン様――

何というタイミングだろう。アレンは、今一番会いたくなかった人だ。

セシールを見染めて、婚約までしてくれた人。有能で誠実で、セシールにはもったいないくらいの人だった。だから愛妾《あいしょう》候補にもなり得る務めを引き受ける時、彼に誠実であろうとして、婚約を解消してほしいと頼んだ。

一度は自分を愛してくれた人だから、幻滅されたくなかった。縁はなくなったけれど、彼が気に入ってくれたままの自分でありたいと、そう望んでいた。

でも今の自分は違う。男性に弄《もてあそ》ばれるのを受け入れ、それによって友人を傷つけた。そんな情けない自分を彼に見られたくない。セシールは挨拶の一つも交わせないまま、身をひるがえしてまた走り出す。

「待って！」

アレンの声を無視して走り続けたものの、すぐに腕を掴まれてしまった。セシールは逃げるのを諦め、背を向けたまま立ち止まる。

アレンはセシールを無理に振り向かせようとはしなかった。他人に聞かれるのを憚《はばか》ってか、彼女の頭のすぐ後ろでささやく。

「ヘリオット様と、将来の約束をしているのか？」

気付かれたのだ。セシールは羞恥を覚え、頬をかっと熱くする。

今さら、ごまかしも言い訳も無意味だ。嘘をつくわけにもいかない。セシールはうつむいて、力なく首を横に振る。するとアレンはセシールを振り向かせ、両肩を強く掴んできた。

「なら何故ヘリオット様と？　君には倫理観というものがないのか？」

そう責められても仕方ない。わかっているけれど、つらい一言だった。それがアレンの口から聞かされたものだとなおさら。泣いたら駄目だと自分に言い聞かせても、目頭が熱くなってくる。

アレンは身を屈《かが》め、セシールの顔を覗き込んだ。

「――ヘリオット様に強要されているのか？」

怒気を含んだ声だった。セシールはこれにも、首を横に振って答える。

そんなセシールに苛立ったのか、アレンの両手に一層力がこもった。

「わかっているはずだ。婚約でもしているなら、多少は大目に見られるだろう。だがそれ以外の異性と密会すれば、君の名に傷がつく。ヘリオット様と二人きりで隠れて会うのは、もうやめるんだ。はっきり目撃した人間はいないようだが、君とヘリオット様らしき人物が密会を重ねていると噂が立ち始めている。――僕と二人きりでいても見られたら悪い噂を立てられるだろうから、もう行くよ。ちゃんと忠告したからね」

言い終えると、アレンはセシールから手を離して一歩後ずさる。それからきびすを返して、何事もなかったかのようにゆったりとした足取りで去っていった。

アレンとは東館付近ですれ違うことはあっても、この西館付近で会ったことは一度もなかった。

それが今日に限って鉢合わせしたのは、セシールの噂を聞きつけて様子を見に来たからだ。

元婚約者のふしだらな噂に、アレンも肩身の狭い思いをしたに違いない。だから怒って、セシールを責めに来たのだろう。今頃になって気付くなんて、申し訳ないと思う。

アレン様のためにも、ヘリオット様との関係を終わらせなくちゃ……

胸に痛みを覚えながらも、セシールは決意を新たにしていた。


ウィルフレッドの病状は、看病を始めて二週間が過ぎる頃にはだいぶ落ち着き、一月半も経つと一人で立って歩けるようになった。その回復ぶりは喜ばしいのと同時に、シグルドたちが話し合いを行う時期に差しかかっていることを意味した。

ウィルフレッドの生存を公《おおやけ》にするか否かなど、保留にしてきた今後について。

その話し合いが行われる数日前、ウィルフレッドがエミリアと二人きりで話したいと申し出た。

それをきっかけに、シグルドもシュエラと二人で話したいと言い出し、この時シュエラの居室にいた女官長のアンナとマントノン、セシールは退室するよう指示される。

セシールが扉を閉めると、先に廊下に出ていたアンナが振り返って言った。

「しばらくご用はないとのことでしたので、お言葉に甘え、場所を変えて話をしましょう」

そう言って、扉の前に立つ侍従《じじゅう》らに隣の空室にいると告げて歩き出す。それに続こうとしたマントノンは、二人を見送ろうとしていたセシールに目を向けた。

「セシール、あなたもいらっしゃい」

「は、はい……」

女官たちの話に、一介の侍女が交ざってもいいのだろうか。セシールは恐縮しながらついていく。

シュエラの居室の隣は、賓客《ひんきゃく》が滞在する客室になっている。しばらく使われていないため、椅子やテーブルなどの家具には、埃《ほこり》よけの大きな布がかけられていた。

「こちらでよろしいですか？」

セシールは先回りしてテーブルと椅子から布を取り、丁寧に畳む。

「あなたもお座りなさい」

布を片づけたセシールは、本当に同席していいものかと迷った。マントノンはすぐにそのことに気付いて、声をかけてくる。

「セシール、いいからお座りなさい。あなたに話があるのです」

「わたくしに、ですか？」

セシールは戸惑いながら空いている椅子に座る。それを見届けたアンナは、前置きなく告げた。

「セシール、あなたは女官になる気はありませんか？」

「わたくしがですか!?」

不作法に声を上げてしまい、セシールは慌てて「申し訳ありません」と謝る。

女官には憧れていたけれど、セシールの出自を考えれば夢のまた夢だ。セシールの困惑に気付いているのかいないのか、マントノンも話し出す。

「あなたは侍女として優秀ですし、何よりシュエラ様に心から仕えています。わたくしの家は当主である息子がまだ若く結婚していないため、母であるわたくしが邸《やしき》を切り盛りしなければなりません。ですからシュエラ様の身辺が落ち着いたら、わたくしは女官の勤めを辞すことになっています。その時あなたが女官になっていれば、わたくしは安心して王城から下がることができるのです」

「ですがわたくしは……」

ためらいがちに切り出そうとすると、マントノンがその先を口にする。

「女官となると、子爵家以上の身分が求められることが多いですが、必ずしもそうではありません。大切なのは、お仕えする方に助言できるだけの知識と忠誠心。あなたならば申し分ありません。――あなたが男爵家の妾腹《しょうふく》の出であることは知っています。ですがそのことは、あなたの働きぶりがわかれば問題にならなくなると、王妃陛下はおっしゃっておられます」

「王妃陛下がですか？」

ということはつまり、これはエミリアも承知しているということだ。話が思った以上に現実味を帯びてきて、セシールは体の芯から震えがくるのを感じる。

もしこの話が本当なら、願ってもないことだ。侍女だと適齢期のうちに皆辞めていくので長くは勤めづらいが、女官ならアンナやマントノンのように年齢が高くても勤められる。それにマントノンの後釜《あとがま》ということは、シュエラ付きの女官ということ。敬愛するシュエラにずっと仕えることができる。

けれどまだ信じがたくて、何も答えられないでいると、アンナが気遣わしげに微笑んだ。

「ですが女官として長く勤めるということは、結婚できなくなるということです。もちろん禁じられているわけではありませんが、女官の勤めも、貴族の妻の務めも、大変な責任が伴います。両立できるものではありません。ですからあなたが結婚を望むのなら、この話はなかったことにします。シュエラ様は、あなたが望まない人生を歩むことをよしとはしない――エミリア様はそうお考えになって、一度あなたに打診するようおっしゃったのです。そのご厚意を無下にすることなく、よくよく考えてから返事なさい」

国から女官になるよう命令が下れば、従わないわけにはいかない。そのためエミリアは、事前にアンナたちにセシールの意向を確かめさせた。一介の侍女が王妃に気にかけてもらえるなんて、本当に過分なことだ。セシールは深く感謝し、居住まいを正して丁寧に頭を下げる。

「ありがとうございます。よく考えさせていただきます」

その後の時間は、女官について具体的な話を聞いて過ごす。侍女よりも格段に良くなる待遇と重くなる責任に、やりがいを感じる。その心の片隅で、セシールは先ほどのアンナの言葉を思い出していた。

――女官として長く勤めるということは、結婚できなくなるということです。

いいきっかけになるかもしれない。ヘリオットとの関係を終わらせると決意しながらも、未だ彼への想いに揺れている。そんな自分の未練を断ち切ってくれるかも――

侍従《じじゅう》が呼びに来て三人がシュエラの居室に戻る頃には、セシールの心はほとんど固まっていた。

セシールが女官になることを打診された数日後。

シグルドとウィルフレッドとエミリア、ケヴィンとヘリオット、そこにシュエラも加わって極秘の話し合いが持たれた。その話し合いで、ウィルフレッドの生存は公《おおやけ》にせず、秘密裏に国外へ脱出することが決まる。そして驚いたことに、エミリアは王妃の座を退いてウィルフレッドについていくことになった。エミリアは、ウィルフレッドの死を知らされてもなお、彼を愛していたのだという。

失態続きで貴族たちの支持を失いつつあるラダム公爵にとって、王妃の身内、かつ後見という立場は、名誉挽回のための必要不可欠な要素だ。エミリアがいるからラダム公爵は自らの野望を捨て切れず、シグルドを執拗《しつよう》に追い落とそうとする。

話し合いにおいてその権勢欲を逆手にとった策が出されたが、発案者は何とエミリアだという。

〝この国にとってもはや害にしかならない伯父を国政から追放することが、王妃としての最後の仕事。〟そう言い切るエミリアに、ケヴィン、ヘリオットはもちろんのこと、ウィルフレッドも、そして最後まで渋っていたシグルドも同意した。

そうしてラダム公爵を罠に嵌《は》める計画が、水面下で着々と進められる。

全てが整った翌日、エミリアが国王シグルドに対し、王妃の位を退くことを正式に願い出た。その話は瞬《またた》く間に城内に知れ渡る。

王妃の退位など前代未聞だ。そのため反対意見が多数上がったが、いざ議会が招集されると、エミリアの直前の根回しにより、ラダム公爵以外全員が退位賛成に挙手をする。ラダム公爵は反論を試みるも、自分の味方だと思っていた貴族たちの離心を思い知る結果となった。

追い詰められたラダム公爵は、愛妾《あいしょう》がいなくなればエミリアも退位できまいと考え、シュエラの暗殺を企てる。エミリアの協力もあってその計画を事前に把握したシグルドたちは、暗殺を阻止し、ラダム公爵さえも言い逃れできない証人を立てて有罪を確定する。

かくしてラダム公爵は、王城の一角に生涯幽閉されることとなった。

その一報は、北館二階に移ったシュエラの居室にも届けられた。

いち早く報《しら》せに来た近衛隊士《このえたいし》が退室した後、最初に反応してみせたのはカチュアだった。

「や……ったー！」

その声を聞いてようやく、室内の張りつめていた空気が緩む。安堵の表情を浮かべるマントノンとアンナの隣で、カレンが嬉しそうに顔をほころばせながら言った。

「無事、目的達成ですね」

その横で、マチルダが胸を撫《な》でおろす。

「よかったー」

「ざまあみろっていうのよ！」

「カチュア、口が悪過ぎ」

カチュアとフィーナのいつものやり取りを、セシールはカレンやマチルダと一緒になって笑う。

そんな中、シュエラは気遣わしげな表情をしてエミリアを見ていた。

「そんな顔しなくていいのよ」

エミリアがシュエラにそう言うのを聞いて、セシールたちは慌てて口を閉ざす。エミリアはシュエラの前に立って、悲しげな微笑みを浮かべた。

「わたくしも伯父の失脚は嬉しいのよ？　これでようやく重荷から解き放たれたわ。……惜しむらくは、これでシュエラ様とのお別れまであと少しになってしまったことね」

ラダム公爵を失脚させたからには、次はエミリアの退位が待っている。そしてエミリアが退位して王城を去れば、この二人は二度と会えなくなるのだ。

「嬉しいけど、寂しい……複雑な気分ね」

エミリアの言葉を聞きながら、シュエラは泣きそうに表情を歪《ゆが》めた。


それからばたばたと準備が進み、エミリアが王妃の座を退く日を迎える。

退位式を終えて戻ってきたエミリアは、正装を脱ぎ捨てて平民の服に着替えた。

エミリアは、平民の服をまとっていても美しかった。幼い頃よりほめそやされてきた美貌のせいだけではない。何より彼女の表情が晴れやかで、しあわせそうに輝いているからだ。

エミリアは長年住んでいた北館をあちこち見て回ってから、シュエラとの最後の別れを惜しんだ。

それから女官長の勤めを辞して城を下がるアンナと、エミリアの旅に同行するカチュア、それを見送りに出るマントノンを伴い、シュエラのもとから去っていった。

エミリアが王妃の位を退き、いよいよシュエラが王妃に立つ。

マントノンもセシールたち侍女も、そう信じて疑わなかった。

ところが状況は、予想外の方向へと転がっていく。


エミリアの退位を、貴族たちは絶好の機会と見た。多くの貴族がシュエラが王妃となることに反対し、自分たちに有利となる王妃候補を次々と挙げた。その一方で別の貴族たちは、一応王妃候補の一人であるシュエラからの覚えをよくしようと、贈り物を携えて北館に押しかけてくる。

そのせいかシュエラはエミリアが旅立ったあたりから、食が細くなり、日に日にやつれていった。

ウィルフレッドをかくまっていたため、二カ月にわたり部屋から一歩も出られない状態だったことも影響しているのかもしれない。

シグルドは反対派の貴族たちに阻《はば》まれて、シュエラの見舞いに行くことすらできない。

そのさなか、シュエラはまたもや暗殺されそうになった。犯人は、愛妾《シュエラ》が子を産めば後々国が乱れると妄信した侍従《じじゅう》。シュエラは無事助けられ北館に戻ったものの、報《しら》せを受けて駆けつけたシグルドの前で倒れる。

医者の診断は心労だった。シグルドはシュエラに実家での休養を勧め、シュエラも承諾した。

シュエラが実家のある街へと出発したのは、その日の夜のことだった。

マントノンやセシールたち侍女は同行を申し出たが、ウィルフレッドをかくまって以来休暇なしで働いてきたことや、ケヴィンが同行者を含め諸々手配してくれているからと、シュエラ自身に断られた。シュエラの打ちひしがれた様子を見ていると、セシールも心配でたまらなかったが、そう言われてしまっては見送るしかなかった。

こんな時、カチュアだったらどうしただろうかと、ふと思う。

カチュアはまだ、旅の途中だ。国境を越えたところまでエミリアを送り届けることになっているので、もうしばらくは帰れない。フィーナが手紙で近況を伝えているというけれど、このことを知ったらカチュアはどう思うだろうか？　一緒に手紙を読むだろうエミリアは？

翌朝、セシールは一人、シュエラの居室に向かっていた。マントノンも他の侍女たちも、今日の午前中にはそれぞれの家に帰るだろう。セシールには帰れる場所がないため、あれこれ言い訳をして王城に置いてもらうことにした。その代わり、ケヴィンからシュエラの居室の掃除をするよう申しつけられている。フィーナは自分の実家に誘ってくれたが、セシールはそれに感謝しながらも断った。一人になって、考えたいことがあったからだ。

将来のこと。そしてヘリオットのこと。

ヘリオットとは、セシールが初めて本気で拒んだあの日以来、二人きりで会ったことがない。それどころか、シュエラの近く以外でヘリオットを見かけることすらなかった。

もう誘いに乗るつもりはないけれど、避けられていると思うと悲しくなる。

ずいぶん自分勝手よね、わたしって……

あの時が最後なら、もっとちゃんと話をすればよかったと、今さらながら後悔している。もっとも話したとしても、自分の気持ちを伝えることなどできなかっただろうけど。

せめて、中途半端な終わり方だけはしたくなかった。


昨夜シュエラの居室に泊まったシグルドと途中で行き合い、セシールは壁際に寄って礼をとる。そしてシグルドが去るのを見届けてから、また歩き出す。

使われない部屋でも、掃除をしなければ傷《いた》んでしまう。他の部屋は別の侍女が定期的に清掃に入っている。けれどドレスや宝飾品といったシュエラの私物が置かれている部屋だけは、シュエラ付きの侍女であるセシールが掃除してくれるほうがありがたいと、ケヴィンは言っていた。

マントノンから預かった鍵で扉を開け、シュエラの居室に入る。

昨夜シグルドが使ったので、寝具は乱れていた。掃除の際の埃《ほこり》がベッドにかからないよう、先にシーツやカバーを新しいものに取り換え、埃避けの布をかけたほうがいいだろう。セシールは衣裳部屋から替えのシーツやカバーを持ってきて寝室のテーブルに置き、それから毛布のカバーを外し始める。

枕カバーはもちろん、ベッドのシーツもはがすのは簡単だった。だが、ベッドをシーツでくるむのは、一人では難しい。いつもは二人でベッドの両側に立ち、シーツの端と端を持って大きなベッドの上に広げる。それを一人でやろうとすると、しわが寄ってしまい、大きなベッドの周りをぐるぐる回ってそれを伸ばす羽目になる。

案の定二度ほど回ってもしわが残ってしまい困っていると、板敷きの床を歩く足音が聞こえてきた。セシールが顔を上げると、ちょうど寝室の入り口に人が立ったところだった。

「ヘリオット様……」

ここに現れるとは思ってなかった。しかも、いつもは表情豊かな彼が、今は無表情だ。そのことがセシールへの拒絶を示しているように思えて、胸が痛くなる。

もしかすると、シグルドが何かを忘れて、取りに来るよう言い付かったのかもしれない。でも、先ほどからベッド周辺で作業していても、それらしきものは見ていない。

「あの……」

セシールが口を開きかけると、ベッドに目を向けていたヘリオットがゆっくりと近づいてきた。

そしてセシールとベッドを挟んで向き合い、シーツの端を持つ。

「そっち持って。手伝うから」

セシールは慌てて首を横に振った。

「とんでもないです！　ヘリオット様にそのようなことをしていただくわけには」

「しゃべってる間にやってしまったほうがいい。俺もそんなに暇じゃないんでね」

つまり、遠慮して時間を潰すなと言いたいのだろう。

「あ、ありがとうございます……」

セシールはもう一方のシーツの端を持つと、彼とタイミングを合わせて持ち上げる。空気をはらんで落ちていくシーツは、しわ一つ残さずベッド全体を覆った。ヘリオットがすぐさまシーツの端をベッドマットとベッド台の間にたくしこんでいくので、セシールも急いでそれに倣《なら》う。

シーツを張り終えると、テーブルに積んでおいた毛布をベッドの上に持ってきて、カバーを付け始める。

「ほら、手を動かして」

「は、はい……」

袋状になったカバーの中に毛布をぴったり収め、口を紐で閉じていく。

その最中に、ヘリオットがぽつんとつぶやいた。

「何で帰らなかったの？」

「……それは、今実家が改装中で、部屋に余裕がないからです」

ケヴィンとマントノンに告げた理由を、改めて口にする。

本当は違う。帰ったところで、セシールの居場所なんてない。侍女をクビになって帰った時も、かろうじて使用人ベッドの空きに潜り込めただけ。父の家族はもちろんのこと、使用人からも嘲《あざけ》られた。だから、二度と実家には帰りたくない。

〝帰りたくない〟？　ううん、違う。あそこは最初から、帰る場所なんかじゃない……

涙をこらえて紐を閉じ終えると、もう一方を閉じたヘリオットが顔を上げて言った。

「ふーん……てっきり別の理由があるのかと思ったよ」

「え……？」

何やら含みを感じて思わずヘリオットを見ると、彼は皮肉げな笑みを口元に浮かべていた。

「俺に話したいことでもあるのかなってさ。でも、違ったみたいだ。——あとは一人でもできるだろ？」

言うだけ言うと、セシールが口を開く隙も与えず出ていってしまう。

セシールは呆然としながら、ヘリオットが消えていった寝室の戸口を見つめた。

一体何だったの……？

まるで、ヘリオット自身がセシールと話したがっていたような口ぶりだ。だったらヘリオットから話せばいいのに、あんな遠回しな言い方をするなんて。

でも、ヘリオット様の話って……？

よりを戻したいということ？　いや、ヘリオットは去る者を追うタイプに見えないし、第一セシールたちは〝よりを戻す〟というような関係になかった。なら、逃げ出したのを謝れということ？　セシールから利用してほしいと言い出しておいて逃げるなんて、確かに謝罪に値する。ただ、ヘリオットは謝罪を要求するタイプにも見えない。利害が一致しない相手は、さっさと切り捨てていくような気がする。

考えれば考えるほど、訳がわからなくなっていく。頭の中がぐちゃぐちゃになったところでセシールは考えるのをやめて、掃除の続きに取りかかった。

朝食のあと北館に赴《おもむ》いて、シュエラの居室を掃除する。だが使われていない部屋の掃除は、すぐに済んでしまうから、侍女長にお願いしてこまごまとした仕事をもらった。――そんな日々が淡々と繰り返される。

最初の日以来、ヘリオットの姿は見かけない。あれは本当に何だったのだろう。時折考えてみるけれど、未だ納得できる答えは見つからない。


シュエラが実家に旅立って五日目のこと。

掃除を終えたセシールは、北館を出て本館に続く連絡通路を下り始める。休暇中であるセシールは急ぐ必要がない。侍女長から仕事をもらえなければやはり暇を持て余すだけなので、のろのろ歩いて時間をつぶすようになった。

その日も、周囲の花や木を眺めながらゆっくり歩いていると、視界の端にセシールを見つめる人影が過《よぎ》った。視線を戻して、セシールはつぶやく。

「アレン様……」

「ちょっといいかい？」

休暇中で特に用事もないセシールに、断る理由はなかった。

アレンに誘われて、セシールは生垣に囲まれた小さな庭園に入る。

二人で中央のこぢんまりとした花壇に近寄ると、アレンは周囲をぐるっと見渡した。そして誰も入ってくる気配がないことを確認すると、セシールに向き直る。

「あれからずっと考えていた。君を不名誉な噂から救うにはどうしたらいいのか」

わたしのせいで恥をかかされて、怒っていたんじゃないの……？

思い返せば、アレンはそんな人じゃない。真面目で優しい人だった。そんな人が恥をかかされて文句を言いに来たと思うなんて、セシールのほうが恥ずかしい。

アレンの目を見ていられなくて、みぞおちの前で握り合わせていた手に視線を落とす。

「……心配してくださってありがとうございます。ですがあれは」

セシールが言いかけた言葉を、アレンは覚悟を決めたような力強い声で遮《さえぎ》った。

「君が承知してくれたら、婚約解消はなかったことにしたいと思う」

「〝婚約解消はなかったことに〟ですか……？」

言い回しが複雑で上手く理解できない。戸惑いながら尋ねると、アレンは目元を染めて答えた。

「つまり、僕らは婚約者同士に戻り、いずれは結婚するということだ」

「え――？」

思いがけない言葉に頭の中が真っ白になる。そんなセシールを見て、アレンは気恥ずかしさをごまかすようにまくし立てた。

「ヘリオット様との噂はまだ〝らしい〟の域を超えていない。今なら君の相手は僕だと言い張れば、多少疑ったとしても皆それで納得するだろう。相手が婚約者ならば、不謹慎だと思われても、後ろ指をさされるような醜聞にまではならない」

話を聞き終えても、セシールはすぐには反応できなかった。何とか内容を呑み込んでから、ようやくアレンの申し出のとんでもない寛大さに青ざめる。

「そ――そんなの駄目です！　それだとアレン様も不謹慎な人だと思われてしまうじゃないですか！　それに、アレン様のご家族がお許しになるわけがありません。表向きはアレン様のほうから断っていただいたとはいえ、わたくしはアレン様だけでなくアレン様のご家族をも侮辱するような真似をしてしまったのですから」

身分が下の、しかも女性のほうから婚約破棄を申し出るなんて、通常では考えられないことだ。けれどセシールは、最初にシュエラの侍女になった段階で、それを口実に婚約破棄を切り出し、承諾してくれたアレンの寛大さに甘えた。

――そう、あれは単なる口実で、セシールは自分をいいように操ろうとする父に反抗したかっただけだと思う。実の母親に売られ、他に生きていく術《すべ》を持たなかったセシールは、父の言いなりになるしかなかった。そんな状況に追い込んだ父に一矢報いたいとずっと思っていたから、その絶好の機会を利用しただけ。

そんな自分勝手な理由で彼を傷つけたなんて思いたくなくて、今までそのことを認められなかった。断るしかなかったのだと、それが一番アレンに対して誠実な行いなのだと自分に言い聞かせ、醜い心にふたをした。そんな卑怯なセシールに、アレンの申し出に甘える資格なんてない。

「わたくしはアレン様を利用したんです。アレン様ならわたくしの言葉に耳を傾けてくださると思って、婚約破棄をお願いしました。ですが、あの理由は嘘だったんです。わたくしは」

「知ってたよ」

アレンの短い言葉に、セシールは息を呑んだ。アレンは寂しげな笑みを浮かべて、セシールの代わりに言葉を続ける。

「勝手に縁談を進められて、腹が立っていたんだろう？　失礼かもしれないけど、君の父親は利己的で、縁談を持っていくと娘の幸せを喜んでいるふりをしながら、それとなく自分の家には余裕がないと伝えてきた」

やっぱり――

セシールはたまらなく恥ずかしくなる。きっと、自分の財力では持参金は持たせられないとか体面を保てるだけの支度ができないとか言い出して、アレンの家からできるだけ絞り取ろうとしたのだろう。そのことだけを考えれば、婚約破棄を申し出たのは正しかったと本気で思う。

「も、申し訳ありません。恥ずかしいところをお見せしてしまって。その、すでにいくらか父に渡してしまわれたのでしょうか？」

「そんなことはどうでもいいんだ！」

思わぬアレンの怒鳴り声に、セシールはびくっと身を震わせる。アレンはセシールの二の腕をしっかり掴んで言い募った。

「両親のことなら心配しなくていい。君の境遇を知って同情しているくらいだから。僕は君を妻に迎えられるなら、多少の要求は喜んで呑むつもりだった。娘に愛情のかけらも持たない父親から、守ってあげたいと思った。婚約解消を求められた時は、君は父親の言いなりになりたくないんだと感じた。だから君の望みを叶えてあげた。――君に好かれてないこともわかって、落ち込んだけれど」

「そんな！　わたくし、アレン様のこと好きです！」

とっさに叫んでしまい、セシールは顔を真っ赤にする。アレンも恥ずかしそうに頬を染めたが、すぐに苦笑を浮かべた。

「でも、それは恋愛感情じゃないんだろう？」

その言葉を耳にしたセシールは、しばし呼吸をするのを忘れた。

「そういう意味で意識されたことがないのにも気付いていたよ。でも、結婚してから少しずつ愛情を育んでいければと思っていた」

一旦言葉を切ったアレンは、不意に真顔になる。

「君は冤罪《えんざい》事件に巻き込まれ、城に戻ってきてからも大変な思いをしていた。シュエラ様に助けられたと聞いて、ただただ恥じ入ったよ。僕はどうしたら君を助けられるかあれこれ考えているだけで、君に会いに行くという選択肢を失念していた」

セシールは慌てて首を横に振った。

「いいえ。来ていただかなくて正解だったと思います。来ていただいても、きっとアレン様まで悪く言われるだけだったでしょうし」

「だが、君にまた結婚を申し込んで、王城から連れ出すことはできた」

セシールは再び息を呑んだ。その方法ならセシールは救われただろう。でも、それだと今度はアレンに非難が集まることになる。キースや、その母親のように。

「そ――そんなことをしていただいたら、アレン様のお名前に傷が」

彼がそんなことまで考えてくれていたと知ってセシールはうろたえる。恐縮してうつむくと、アレンが顔を近づけてきて耳元で囁《ささや》いた。

「もともと、君の心の整理がついたら、もう一度結婚を申し込むつもりだった。今度は君の父親を通さず、君自身に。けれど助けられた君はシュエラ様の侍女に戻り、ヘリオット様に協力するようになった。そしてそのままヘリオット様にどんどん惹かれていった。自分のふがいなさを詰《なじ》りたかったよ。――そうさ。僕は自分の将来を案じて、君に会いに行くという選択肢すら思い付かなかった、情けない男だ。その結果、君の心をヘリオット様に奪われてしまった」

「アレン様は情けなくなんか……」

セシールの希望で婚約を解消したのだから、アレンにはセシールを心配する義理なんてない。なのにこうして心を砕いてくれて、今またヘリオットとの醜聞から守ってくれようとしている。

わたしには、本当にもったいない人だった……

胸元に手を当てて目を閉じ、感慨深く思う。

――僕のこと、お父上から聞いてる？

アレンに初めてかけられたのは、多分そんな言葉だったと思う。驚いて振り返ると、彼はちょっと照れくさそうに小首を傾げていた。それは侍女になってから半年くらいの頃で、セシールは彼が誰なのかも知らなかった。

あれから婚約解消までの間は、すれ違った時に二、三言葉を交わすだけの間柄だった。愛情を示す言葉はなかったけれど、ぎこちない会話やその中に垣間見える照れくさそうな様子から、彼の好意は感じ取っていた。父のことがなければ、その好意を素直に受け取ることができたと思う。婚約解消を申し出たりせず、それどころかもう今ごろ結婚していたかもしれない。

だけど実際は、願い通りに婚約は解消され、セシールはヘリオットと出会ってしまった。

――わたくし、アレン様のこと好きです！

――でも、それは恋愛感情じゃないんだろ？

残念そうな、アレンの一言。それを聞いた時、セシールはヘリオットのことを思い出していた。ヘリオットも、セシールには恋愛感情を持っていなかったということを。

と同時に気付いた。セシールはヘリオットの気持ちはどうであろうと、セシールはこれからも折に触れてヘリオットのことを思い出すだろう。アレンと結婚したとしても、アレンとの間で愛情を育んでいったとしても、ヘリオットへの想いがセシールの心の中から消えることはない。

そうなるともう、選べる未来はたった一つしかなかった。

アレンを見送った後、セシールは微笑みながら小さく息をついた。

少し時間を置いてから元の道に戻ろうと、所在無く花壇に目をやる。

その時、靴底が地面に擦れる音がして、セシールははっと辺りを見回した。するとアレンが出ていったのとは反対側の入り口に、ヘリオットが立っているのに気付いた。

「何で断ったの？」

その場から動かず、ヘリオットは言葉少なに聞いてくる。質問の意味を理解したセシールは、驚いて目を見開いた。

「ヘリオット様、もしかして――」

「ごめんね。立ち聞きなんかして」

ヘリオットは悪びれもせず言う。彼の態度に半ば諦めを覚えて、セシールは呆れた笑みを浮かべた。

「いいえ、お話しする手間が省けました。聞いていらしたのなら、理由はおわかりになったと思うのですが」

ヘリオットは、ゆっくりと近づいてきた。そして目の前に立つと、片手でセシールを抱きしめ、もう一方の手で彼女の顎《あご》を持ち上げる。

「わからないな。俺との不誠実な関係が嫌だったんだろ？」

違います。嫌だったのは、わたしがヘリオット様にとって大事な人間じゃなかったということだけ……

そのことは口にせず淡く微笑むと、ヘリオットは気に入らないとばかりに眉をひそめた。

悩むだけ悩めばいい。セシールだって、これまで散々悩んできたのだから。

でも、今となってはその悩みの全てがどうでもいいことのように思えた。

セシールはキスを待ち受けるように、そっと目を閉じる。

ヘリオットの唇は、すぐに下りてきた。軽い触れ合いから始まったそれはすぐに激しさを増す。

セシールは口づけに応えながら、もたらされる感覚に陶酔する。

ようやく唇を離した時、珍しくヘリオットの息も上がっていた。

「いいの？　抵抗しないと、最後までやっちゃうよ？」

こんな時にも冗談めかすのね……

つまりヘリオットは、セシールに対して誠意などかけらも持ち合わせていないということだ。そのことに傷ついたけれど、それさえも今のセシールにはどうでもよかった。

セシールの気持ちを慮《おもんぱか》ってくれたアレンを不幸にしたくなくて、ありがたく思いつつも求婚を断った。それにヘリオットと結婚できないなら、誰と結婚したってしあわせにはなれない。

これで迷うことなく女官となって、シュエラのため、この国のために生涯を捧げられる。

だから、これが最初で最後。

セシールは両腕をヘリオットの首に回し、ぎゅっと抱きつく。するとヘリオットも今度は両腕でセシールを抱きしめた。


いつの間に眠ってしまっていたのか。

深いところから引き上げられるように眠りから覚めたセシールは、顔を横に向けて、窓から差し込む光をぼんやりと見ていた。

この部屋――ヘリオットの自室に入った時は昼前だった。でも今は、太陽の光に茜色《あかねいろ》がわずかに混じる。

セシールの視界の端に、逆光を受けたヘリオットの大きな裸の背中が映っていた。

その背に触れたくて手を伸ばそうとすると、ベッドに座っていたヘリオットが振り返る。セシールは恥じらって、毛布を胸の上まで引き上げた。

「目、覚めた？　気分は？」

率直に尋ねられて、セシールは羞恥にめまいを覚える。

ヘリオットと一つになれた時、これまで彼と経験した数々の行為が、すべてこの時のためだったと知った。


ヘリオットは長い時間をかけてセシールの体の隅々まで触れ、高めに高めてから一つにつながろうとした。セシールの体は蕩《とろ》け切っていたのに、ヘリオットを受け入れ始めると途端に全身が硬直した。痛みにおののくセシールを、ヘリオットは腕の中に閉じ込め、優しく声をかけてなだめた。その間も痛みが少しでも和らぐように愛撫《あいぶ》を繰り返す。ようやく全て受け入れることができても、痛みは増すばかりで、「やめないで」と言いながらも泣きじゃくった記憶がある。

終わった後、ヘリオットはセシールの隣に横たわり、抱き寄せて涙を拭ってくれた。痛みは残っていても、しあわせな気分だったのを覚えている。

けれど、それはつかの間のしあわせ。羞恥に染まっていた頬は冷め、暗い思いに心が沈む。

ヘリオットは最後まで、好きとも愛してるとも言わなかった。やはりヘリオットにとって、セシールは都合よく欲求を解消するための道具に過ぎない。

「こーら。また何考えてんの？」

ヘリオットは手を伸ばしてきて、セシールの額を指で軽く弾いた。

額を押さえるセシールの目にじんわりと涙が滲む。痛かったからじゃない。こんな時にもまだ冗談めかすヘリオットに失望して。

でも、これでいいんだわ……

これ以上期待を持たせられたら、諦めがつかなくなるところだった。

「後悔してる？」

額に置かれたセシールの手をよけ、その前髪をかき上げながら、ヘリオットは問う。セシールは無言で首を横に振り、起き上がろうとした。すると痛みがぶり返し、途中で動けなくなる。ヘリオットはもう一度横にさせようとセシールの体を支えた。

「まだ痛むんだろ？　もっと休んでいきな」

「いいえ、もう行きます。わたくしが仕事をもらいに行かなかったので、侍女長も不審がっているでしょうし」

この言葉を無視して、ヘリオットはセシールの頭を枕に押し付けた。

「君は休暇中なんだから、別に仕事しなくたって咎《とが》められはしないさ」

「そうではなく、侍女長に心配されてしまうかもしれないということです。そこからわたくしたち二人がいないことに気付かれて、噂にでもなったりしたら困ります」

不意にヘリオットは顔をしかめる。

「アレンに言われたから？」

ヘリオットが何故不機嫌になったのかわからないまま、セシールは正直に答えた。

「それもありますけど、わたくしは女官の話をいただいているので、評判を傷つけるような行動は慎みたいのです」

ヘリオットの目に、冷ややかさが加わった。

「俺と一緒にいることが、そんなに外聞悪いのかねぇ」

失礼なことを言ったのに気付いて、セシールは慌てて弁解する。

「ヘリオット様がどうというわけではなく、伴侶《はんりょ》でもなく、結婚の約束をしたわけでもない方と噂になるのはよくないと申し上げているのです」

「君さぁ、俺と結婚するつもりもないのに、こういうことしたの？　今ので子どもができてたら、評判を気にする以前に女官になんかなれないよ？」

何が気に入らないのか、ふてくされたようにヘリオットは言った。

「……その時は王城から去ります」

セシールが未婚にもかかわらず妊娠したと知れ渡れば、主人であるシュエラの恥にもなる。兆候が出たら、何らかの理由を付けて城から下がるしかないだろう。

正直、そのあたりのことは考えていなかった。これが最後の機会だと思ったら、後はどうでもよくなってしまって。軽率だったと反省はしているけれど、ヘリオットには言いたくなかった。

軽率だったのは、セシールだけじゃない。それともヘリオットは、セシールが妊娠しても構わないと思っていた？　これまでのことを考えれば有り得ることだ。

セシールの目に、また涙が滲んでくる。それを隠すために顔をそむけようとすると、ヘリオットはセシールに覆い被さり、両手で頬を挟んだ。

「まったく……こういう時でも〝責任取れ〟の一言もないの？　俺に怒りをぶつけたくて王城に残ったんじゃないかと思いきや、二人きりになっても君は何も言おうとしないし」

「え？」

「君、俺から逃げたろ？　あの時ずいぶん怒ってたみたいだったから」

〝俺に話したいことでもあるのかな〟ってそういうことだったの……？

ようやく理由がわかったけれど、あまり気分は晴れない。

〝責任取れ〟、か……

そう言えたら、どんなにすっきりするだろう。けれど、言えない理由がある。ヘリオットもわかっているだろうに。

「……〝利用してください〟とお願いしたのはわたくしです。そのせいで発生した問題は、わたくしの責任ということになります。ヘリオット様にご迷惑をおかけするわけにはいきません」

今になって後悔が押し寄せてくる。〝利用してください〟なんて言うんじゃなかったと。あんなことを言わなければ、セシールは今よりずっと穏やかな日々を送っていたに違いない。その代わりヘリオットに求められる喜びを知ることはなかったけれど。

潤んだ目でヘリオットを睨むと、彼は呆れたようにため息をついた。

「馬鹿だね、君は」

自分では何度も言ってきた言葉だけど、他人、しかも好きな人から言われると相当こたえる。懸命に目の中に留めていた涙が、まなじりからこめかみを伝い、耳元へ落ちた。

それを見て、ヘリオットはもう一度ため息をつく。

「こんな時まで、相手の都合を考えてるんじゃないよ。俺が〝そりゃ助かる〟とか言ってすたこら逃げるような男だったら、どうするつもりだったの？　妊娠させられるは仕事は失うわで、下手すりゃ路頭に迷ってたよ？」

そう言いながら、親指でセシールの目元を拭う。

「俺がそんな男だと思われてたなら、心外だね。結婚するつもりもないのに、無垢《むく》な女の子に手を出したりなんかしないよ」

「え……？」

泣くのをこらえていた頭は回転が遅い。言葉の意味を呑み込めずにセシールは問い返す。

「女官にならなら結婚してもなれるんじゃない？　俺は爵位を継ぐわけじゃないから、奥さんに家を守れとか社交を大事にしろとか言うつもりはないし、いっそこのまま王城に住み続けてもいい。今までに例のないことだけど、俺と君の功績を考えれば、多少の融通は利かせてもらえるだろ」

「あの……え？」

話がどんどん進んでいって、セシールはついていけない。

「〝え〟って何だ。〝え〟って」

頬を包み込んでいた手を離し、ヘリオットはセシールの鼻をつまむ。

「それとも何？　セシールは結婚するつもりのない相手と寝るような子だったワケ？」

すぐに離してもらえたものの、わずかに残る痛みに顔をしかめながらセシールは言い返した。

「ヘリオット様こそわたしと結婚したいようなそぶりなんか、一切見せなかったじゃないですか。だからわたしは、今回が最後だと思って」

「何だって？」

ヘリオットの声が険しくなる。それに構わず、セシールは胸に抱え込んでいた思いをぶちまけた。

「だって、わたくしはヘリオット様にとって、どうでもいい存在じゃないですか。カチュアは大事だから触れられない。でもわたしはって！」

セシールは体の痛みも忘れて全身を大きくよじり、ヘリオットの下から逃げ出そうとする。だがヘリオットは手も足も使ってセシールをベッドに押し付けた。早々に逃げ出すのを諦めたセシールは、せめてもの抵抗とばかりにそっぽを向く。

意図せずヘリオットのほうを向いてしまった耳に、やれやれと言いたげなため息が吹きかけられた。

「あのね。俺はカチュアちゃんを妹のようにかわいがってるけど、恋愛感情じゃないよ。でも彼女が俺に憧れてるのは知っていたから、下手に気を持たせたくなくて手を出せないって言ったんだ」

それを聞いてかっとなったセシールは、ヘリオットを見上げて怒鳴った。

「じゃあわたくしは気を持たせてもいいってことですか⁉　気を持たせて弄《もてあそ》んで、飽きたら捨てればいいと！」

「〝捨てればいい〟って、そんなこと思ってたの？」

ヘリオットの呆れ声に、セシールの怒りは募る。

「だって、そうじゃないんですか⁉　ヘリオット様はわたくしをいいように扱うばかりで、何も言ってくれない……！」

涙が溢れ出した目を両手で覆うと、ヘリオットの大きな手がセシールの頭を撫《な》でた。

「ホント、馬鹿だな。君は」

ヘリオットはセシールの手首を掴んで、目元からそっと引きはがした。セシールの目の前に、ヘリオットの苦笑が現れる。

「何のために手間暇かけて誘惑したと思ってるんだか。君が初心《うぶ》なのはわかってたから、だから根気強く誘惑して、準備が整うのを待ってたんじゃないか。嫌がらないから試しに〝抵抗しないと、最後までやっちゃうよ？〟って言ってみれば、君は大慌てで逃げ出すし。ま、その様子がかわいくて、途中からそれ目当てで言うようになったけどね」

か、かわいいって……え？

喜んでいいのか怒るべきなのかわからず混乱する。赤くなって何も言えないでいるセシールの額に、ヘリオットはキスを一つ落として言った。

「要するに、カチュアちゃんに手を出したら遊びにしかならなかったけど、君の場合は遊びにはならなかったってこと」

それってつまり……

信じられないという思いと喜びが交互に湧いてきて、セシールは思わず口走ってしまう。

「あのっ、でもわたし、妾腹《しょうふく》の出で」

「知ってるけど、それが何？　あのさぁ、さっきからいろいろ言ってくれるけど、俺と結婚するの嫌なの？」

ヘリオット様と結婚……!?

「え？　あの……」

さっきより実感がこもった言葉に、とまどいのあまりまともに口をきけない。するとヘリオットは枕の上に腕を置き、セシールの頭を抱え込みながら唇を寄せてくる。

そしてセシールの唇を二、三回ついばんでから再び顔を上げると、ヘリオットは鼻先が触れ合いそうな距離でセシールの瞳を覗き込む。

「結婚してくれなんて、今さら言わないよ。俺とこういうことした以上、承諾したと受け取るから」

そう言って極上の笑みを浮かべたヘリオットを見て、セシールは頭がくらくらするのを感じた。

「ヘリオット様って、いつからわたくしと結婚しようと思ってたんですか？」

「あのさ。こういう関係になったんだから、敬語はいらないって。――きっかけはやっぱり、君に

〝利用してください〟って言われたことだな。君を酷い目に遭わせた俺を一度は避けた。なのに何があったのか知らないけど、急に俺のしたことをほめてそんなことを言ったろ？　〝何て都合がいい〟って唖然としたよ。おまけにその時の君は、俺への好意を隠そうともしていなかった。だから君を手に入れることにしたんだ」

「ヘリオット様は国王陛下の側近。わたくしは一介の侍女。どういう関係になっても身分のけじめは大事です。――で、それってわたくしに手を出すきっかけであって、好きになったタイミングじゃないですよね？」

「うーん、鋭いなぁ……夫婦の間にそういうけじめを持ち込むのはどうかと思うけど」

「ちょ――どこ触ってるんですか！　今晩は無理、まだ痛いんです！」

「わかってるよ。今晩はこれで我慢しておくから、触らせて」

そんな会話を交わしながら、一晩一緒に過ごした翌早朝。セシールはヘリオットに送られて侍女棟に戻る。

セシールは内心びくびくしながら、いかにも自室から起きてきたように振るまった。食堂でいつも通り食事をし、シュエラの居室の掃除に向かう。さいわい誰にも変な目で見られなかったし、偶然行き合った侍女長にも「昨日は体の具合が悪くて」と言ったら不審がられずに済んだ。

そんな風に神経をとがらせていたというのに、掃除を終えて北館を出ると、入り口を守る衛兵たちから見えるところにヘリオットが立っていて、セシールに向かって軽く手を上げてくる。

ぎょっとしたセシールは、早歩きでヘリオットの前を通り過ぎた。

後ろからヘリオットがついてくる。

「どうして無視するの？」

「ヘリオット様こそ、何でこちらに？　わたくしたちのことがバレたらどうするんですか？」

前を向いて歩きながら、セシールはヘリオットにひそひそ話しかける。隣に並んだヘリオットは、口の端を上げてセシールをちらっと見る。

「前にお茶の給仕を頼んだ時だって一緒に歩いてたんだから、別にどうってことはないでしょ。それより、シュエラ様の侍女である君が、国王陛下の側近である俺を無視してることのほうが目立つと思うんだけど」

ヘリオットの言う通りだ。距離を置こうとして早歩きになっていた足を緩める。

「……こんな危ないことをしなくても、今まで通りにしていればいいと思います」

ヘリオットの言い分を認めるのもどうかと思って、一応物申してみる。すると案の定、反論が返ってきた。

「今まで通りこそこそ会って？　そのほうが余計怪しまれると思うけど。それに何？　君は俺と会えなくても寂しくないの？」

「それは……寂しいですけど」

言いにくそうに答えると、ヘリオットはにやにやする。

「だろ？　だからこういう時間は大事にしようよ」

そう言いながら肩に腕を回してこようとするので、セシールは慌ててそれを押しのけた。

「駄目ですってば！　誰かに見られたらどうするんです⁉」

「見られたら見られたで、俺たちのことを公表すればいいだけじゃない？」

いつの間に歩いて来たのやら、気付けばすでに本館の中で、普段から人気《ひとけ》の少ない薄暗い廊下には誰もいない。

そのことにぎょっとすると、その隙にヘリオットはセシールを抱き寄せて顔を近づけてくる。

「ちょ……！　こんなとこで何するんですか！」

肘を張って懸命に押し退けようとするけれど、がっちりセシールを抱き込んだ腕は緩まない。

「ここなら誰も見ちゃいないさ」

「この片時も気を抜けない時に、おまえというやつは何をやっている？」

突然降ってきた声に、セシールもヘリオットも硬直した。

書類を小脇に抱え近くの階段から降りてきたケヴィンは、ヘリオットにじろっと視線を向ける。

「昨日も急に仕事を抜けると連絡してきて、一体どこに行っていた？」

ヘリオットの腕が緩んだ隙に、セシールはそれを振り払い彼の背中に隠れた。

よりにもよってケヴィンに目撃されてしまうなんて。恥ずかしさといたたまれなさで、頭がどうにかなってしまいそうだ。

そんなセシールとは対照的に、ヘリオットは全く平気なようだった。悪びれることなく肩をすくめ、文句を言う。

「俺だって働きづめだったんだから、少しくらい休んだっていいでしょ？」

「時と場合を考えろと言っているんだ」

「ああそうだ。言っておくよ。俺、この子と結婚したから」

ヘリオットはそう言いながらセシールを自分の背後から引っ張り出し、肩を強く抱き寄せる。

セシールの頭の中は、一瞬真っ白になった。

貴族は結婚する際、国王の承認が必要となる。そのため、シグルドの承認を受けていない今の段階では、〝結婚した〟の意味が変わってくる。それは、男女の関係をほのめかすもので。

「な、ななな何てことを言うんですか！」

真っ赤になったセシールは、腕を振り上げて暴れ、ヘリオットの拘束を解こうとする。ここから一目散に逃げ出して、どこかに隠れてしまいたい。ケヴィンはどんなにふしだらな娘だと思ったことだろう。想像するだけでもう、二度と顔を合わせたくない。

だが、意外にもケヴィンはそれで納得したようだった。先ほどまでの怒りを消し、ぽかんとしてつぶやく。

「そういうことか」

「ああ。そういうこと」

そう言ってヘリオットがセシールを抱え直せば、さらにいたたまれなくなる。

「ところで、酷く嫌がっているようだが、まさか無理矢理ではなかろうな？」

「まさか！　しーっかり同意を得たよ」

この言葉にいやらしい含みを感じ、セシールはヘリオットの脇腹をぎゅっとひねり上げた。

「痛《いて》！　痛いって！」

ヘリオットがわざとらしく言いながら、セシールを解放する。

「あ、あの……」

目の前で知られてしまったのだから、逃げたところで無駄だ。セシールは観念し、何か言い訳をしようと口を開く。

これまた意外だったのだが、ケヴィンのセシールを見る目には呆れも軽蔑もなかった。それどころかわずかな微笑みさえ浮かべている。

「君は、セシールと言ったか」

「……はい」

軽蔑されていなくてもやはり恥ずかしくて、セシールはうつむいて返事をする。

ケヴィンはいつもと変わらぬ淡々とした口調で言った。

「こいつは暗い過去があるせいで、信頼したいと思った相手をとことん試す癖がある。相手をするのはしち面倒くさいと思うが、よろしく頼む」

「てめっ！　何バラしてんだ！」

慌てたヘリオットが、ケヴィンに掴みかかる。

この珍しい光景を、セシールはしばしぽかんと見つめた。

もしかしてわたし、これまで散々試されてたの……？

言われてみれば、心当たりがないこともない。セシールが利用されたと思い込んだ時、わざとセシールを傷つけるようなことを言ったりとか。誘惑してきた時も、セシールの質問をはぐらかして答えなかったりとか。

胸倉を掴まれているというのに、ケヴィンは平然と言った。

「陛下への報告のタイミングは考えろよ」

「わかってる。シュエラ様を実家に帰して落ち込んでる最中に、追い打ちをかける真似なんてしないって。──てか、話を逸らすな！」

「さっきわたしが話したことに、何か補足でも？」

「〜〜〜〜〜！」

二人の言い合いを聞いているうちに顔の火照《ほて》りも冷めて、セシールは悪いと思いながらも口元を押さえて笑い出した。

──少しでも長く会っていたいから。

昼間ヘリオットは、仕事を抜け出してきてセシールにそう囁《ささや》いた。言われるままに夜中侍女棟を抜け出したセシールは、迎えに来たヘリオットによって彼の部屋に連れていかれる。

「ちょっと待ってください！　許可をいただく前に子どもができたらどうするんです⁉」

ベッドに押し倒されそうになったセシールは、慌ててヘリオットの腕から逃れようとする。ヘリオットはセシールの抵抗を軽くかわし、膝裏をすくって抱き上げると、そっとベッドの上に下ろした。それからセシールに逃げ出す隙を与えないまま、のし掛かってくる。

「じゃあ何でついてきたの？」

こうなるのを想像しなかったわけではないが、だがしかし。

「それは、ヘリオット様が〝少しでも長く会っていたいから〟とおっしゃったので。わたしも同じ気持ちでしたし……」

決して今の状況を期待してのことじゃない。

ヘリオットはセシールの横に腕を置き、もう一方の手で彼女の艶《つや》やかな金髪を撫《な》でつけた。

「嬉しいこと言ってくれるね」

彼の極上の笑みを見上げながら、セシールはずるいと思う。

そんな笑みを見せられたら、嫌だと言いたくなくなる。けれど、ちゃんと結婚する前に子を宿すことになっても困る。

「子どもができたら、陛下に頼んで、結婚を承認した日がもっと早かったことにしてもらうからダイジョーブ。何事にも、抜け道ってものがあるのさ」

「でも、陛下とシュエラ様が……」

主人二人が離れ離れになってつらい思いをしている最中にこんなことをするのは、不忠義に思えて抵抗がある。――最初の時は、そういうことを考える余裕がなかったのだけど。

次々と断る口実を挙げるセシールに、ヘリオットは苦笑した。

「あのさ。思うんだけど、シュエラ様がご懐妊、ご出産される時に、一人でも多く経験者が側にいるのって心強いと思うんだ」

何の話だろうかと首を傾げながら、セシールは問い返す。

「経験者、ですか？」

「そ。シュエラ様のお子より先に俺たちの子どもが生まれていれば、いろいろアドバイスできると思わない？　それに、お子の遊び相手は、年齢が近いほうがいいと思うしね」

「え……？　わたくしたちの子どもでも、お世継ぎの遊び相手になれるんですか？」

セシールもヘリオットも下級貴族出身。二人の子では、王家の子の遊び相手として身分が低すぎやしないか。

「国王陛下の側近と、王妃陛下の女官の子だよ？　遊び相手に最適じゃないか」

「王妃陛下の……」

シグルドの次の王妃の選定は、シュエラが帰省してしまったこともあって進んでいない。多くの貴族は自分に有利になる令嬢を次々推薦しているが、シグルドはシュエラしか選ばないはずだ。シグルドのあの執心《しゅうしん》ぶりを見ていれば、他の令嬢たちに勝ち目がないことはすぐにわかるのに。

王妃陛下の女官……

シグルドならきっと、シュエラを王妃にできるだろう。でもセシールは、ヘリオットと結婚しながら女官になることが本当にできるのだろうか。

ヘリオットはできると言ったけど、もしどちらか一方しか選べないとしたら？

セシールに選ぶことができるのだろうか。生涯シュエラに仕えるということと、好きな人との結婚。——選ぶまでもないかもしれない。ヘリオットは、セシールが女官になることを前提に、結婚の話をしていた。もしかすると、セシールに女官の話があることを前々から知っていたのかもしれない。女官であるセシールと結婚することが、ヘリオットにとって都合がいいということも考えられる。だとしたら、女官の話を断ったらヘリオットはセシールと結婚しないかもしれない。

ヘリオット様は、何でわたしと結婚したいと思ったの……？

ろくに話もせずベッドに押し倒されてしまうと、体だけが目的とすら思えてくる。

と、ふと我に返った。

「ちょ！　何してるんですか⁉」

ヘリオットは侍女服のボタンを外し、エプロンを押し下げて服の中に手を差し入れようとしていた。抗議の声を上げたものの、その口はキスでふさがれる。セシールは巧みなキスに翻弄《ほんろう》され、結局ヘリオットのペースに持っていかれたのだった。

「何も知らないせいで困るといけないから」

ベッドに並んで横になったところで、ヘリオットはぽつぽつと話し出した。

「俺のすぐ上の兄貴が、妾腹《しょうふく》だったんだ。下働きだった母親を早くに亡くしたこともあって子爵家で育てられたけど、使用人扱いされて、俺の母親と長兄にいびられて暮らしていたよ。母親は長兄だけを溺愛《できあい》して、俺はほとんど無視されていた。そんな俺に、次兄《あにき》はやさしく接してくれた。自分の立場をわきまえすぎるほどわきまえる人だったな。虫も殺せないくらいやさしい人だったのに、戦争が始まってすぐ、貴族の義務だと言われて戦場に行かされて、あっけなく死んじまった。家の名誉のために死んだのに、母親と長兄は死んでくれてせいせいしたとまで言うんだ。父親が浮気したのだって、母親《てめぇ》のその性格のせいだってのに。長兄だって貴族の血ってヤツのプライドばっかり高くて、次兄の出来の良さをいつも妬《ねた》んでた。自分だって努力すりゃあいいのにさ。父親も父親だ。妻と息子の愚行をいさめようともしない。名誉の戦死者としてからっぽの墓を立てはしたけど、それっきりだ。母親と長兄のせいで、昔っから血統主義にはなじめなかったんだけど、そのことでほとほと嫌気がさしたね」

自分と同じだとセシールは思った。血のつながりのある家族なのに、愛情の一片も持てない。

「だから俺は陛下について戦争に行った時、参謀としていくつかの功績をあげたけど、家に対する褒美はくれるなと願い出たんだ。陛下も事情は知ってるからその通りにしてくれたし、褒美を受け取ろうといそいそやってきた父親を〝当人が望んでいない〟と言って追い返してくれた。面会に来た母親と長兄に馬鹿だと詰《なじ》られたけど、気分は爽快だったよ。てめぇらなんかに、俺の功績の分け前なんかくれてやるもんかってね。……いまだに悔しく思ってるのは、あいつらが俺の言ったことをほんのひとかけらも理解しなかったってことだな」

そう言ってヘリオットはセシールの肩を抱く手に力をこめる。それに気付いたセシールは、いくつかの傷跡の残る広い胸に頬をすりよせた。

その二日後、シグルドが急病に倒れたという報《しら》せが城内を駆け巡った。シグルドの病状は重く、面会謝絶だという。

ということは、ヘリオットとケヴィンの思惑通り事が運んでいるということだ。

シグルドが王城を抜け出し、実家に帰ったシュエラを追いかけていったら、面会謝絶にして不在をごまかす。セシールは少し前にヘリオットからそう聞かされていた。

国王が一人で城を抜け出すなどとんでもないが、それを予測し、お膳立てまでする側近たちもどうかと思う。しかしシグルドを幼少のころから知る二人は、それが必要なことだと判断したらしい。

何故そんなことが必要なのか、セシールにはよくわからない。ヘリオットが言うには、二人は直接会って話をしなくてはならないらしいが、話をするならこれまでにいくらでも時間があったはずだ。それについてセシールが問うと、ヘリオットは「陛下は追い詰められないと成果が出せないからら」と答えた。セシールには何のことやらさっぱりだ。

そもそも、国王が王城を抜け出すという一大事を一介の侍女に話してしまう軽率さも理解できない。「セシールなら誰にもバラすわけがないし、事情もわからずいきなり会えなくなったら不安だろ？」と言うけれど、そんな理由で話してしまってもいいのだろうか。

ともあれ、今頃ヘリオットはケヴィンや医師と協力して、シグルド不在の隠蔽《いんぺい》工作にかかりっきりになっているはずだ。

だからヘリオットとはしばらく会えない。

セシールは、他の人たちと同様にシグルドを心配するフリをしつつ、内心ため息をついた。

それからさらに二日後、隣国レシュテンウィッツとの国境から、危急の報《しら》せが城に届く。隣国を平定したグラデンヴィッツ帝国が、ラウシュリッツとの国境に軍を集結させつつあるというのだ。そしてその中には、帝国皇帝の姿もあると。

かの国は、戦禍によってラウシュリッツに逃れた民の引き渡しを含め、各種交渉を求めているとのことだが、もしその交渉の場に皇帝が出てくるのなら、こちらも国王自身が出向かなければならない。ケヴィンとヘリオットは「国王陛下は今回の事態に対処すべく、秘密裏に城を発った」と説明し、貴族たちの糾弾《きゅうだん》を避けつつそれぞれに王城を出立する。

出立する前にヘリオットとセシールが話をする余裕はもちろんなかった。

ただ出立後、ヘリオットと親しい近衛隊士《このえたいし》から、彼の手紙を受け取った。手紙には、もし子どもができていたら、同封の手紙をクリフォード公爵に渡して、無事子どもを産み育てるために便宜《べんぎ》を図ってもらうようにとの走り書きがされていた。

こんな手紙を残さなければならないほど危険なの……？

一介の侍女であるセシールにわかることは、城内を飛び交っている情報の断片だけ。

ヘリオットからの手紙を何度も読み返しながら、セシールはただ無事を祈るしかなかった。

迫りくる刻《とき》

ヘリオットたちが旅立って二週間が過ぎた頃、シュエラが城に戻ってくるという報《しら》せを受け取った。教えてくれたのは、休暇から戻ってきたカレンとマチルダだ。彼女たちはうきうきした様子で、かわるがわる説明してくれた。

「陛下は、とうとうおっしゃったそうよ！　シュエラ様に〝王妃になれ〟って」

「それはもう、感動的だったそうよ。当の本人は、村人たちに押し退けられて見られなかったそうだけど」

当の本人とは、二人にこの話を聞かせてくれた、ケヴィンの従者ロアルのことだ。

彼はシュエラの実家に向かったシグルドに同行し、帰りはシュエラの旅の世話をしていた。途中、あともう少しで王都に着くというところで一行から離れて、クリフォード公爵にシュエラの帰城を報せに来たのだという。クリフォード公爵はカレンたちのもとにもそのロアルを遣わし、王城へ戻るよう伝えた。

「一晩だけだけど、陛下はシュエラ様のご実家にお泊まりになったそうよ。でも、シュエラ様とご一緒に過ごされたとは言いがたい状況だったみたい」

今にも笑い出しそうになりながら、マチルダは言う。どう解釈したらいいかわからず相槌《あいづち》も打てないでいると、カレンが肩をすくめながら説明してくれた。

「シュエラ様のご実家の街では、シュエラ様の帰郷を祝う宴《うたげ》を開くところだったそうだけど、陛下はその宴が始まる頃に到着されて、街の人たちにしこたまお酒を飲まされたんですって。シュエラ様のお父上が、陛下を背負ってお邸《やしき》に帰ったそうよ。翌日の午前中にはヘリオット様が陛下をお迎えに上がったから、大したお話はできなかったんですって」

「それじゃあ、何のためにシュエラ様のご実家まで……」

セシールがつぶやくと、マチルダが大げさにため息をついて言った。

「肝心なことはおっしゃることができたけど、それだけのためにわざわざ王城を抜け出して長旅するっていうのもねぇ。間が悪いというか、何というか。ロアルが言ってたんだけど、クリフォード公爵も〝よりにもよってこんな時に〟ってぶつぶつ言ってらしたそうよ」

セシールもカレンも、マチルダの言葉に表情を曇らせた。

そう、間が悪すぎる。

貴族たちは、シグルドが内密に国境に向けて旅立ったというケヴィンやヘリオットの説明を疑っていた。そしてシグルドの急病、ケヴィン、ヘリオットの急な出立などの事実をつなぎ合わせて、真実を見抜いてしまった。

今回の国境での事態は、ケヴィンとヘリオットの予測の範疇《はんちゅう》を超えていたか、あるいはもっと先のことだと考えられていたのだろう。あり得ない失策だ。貴族たちを納得させるため、取ってつけたような言い訳をしたものの、結局騙すことはできなかったというわけだ。

最初クリフォード公爵は、事態が落ち着くまでシュエラを邸《やしき》でかくまうつもりだった。しかしシュエラが王都に戻ってくるという噂はすでに広まっており、やむなくシュエラを王城に入れることにした。更なる隠蔽《いんぺい》でこれ以上貴族たちの信用を失うより、どんな非難を浴びることになっても、真実を明らかにしたほうがいいと判断したからだ。

シグルド、ケヴィン、ヘリオットがいないため、貴族たちの怒りは行き場を失い、膨れ上がっている。シュエラだけでなく、今後もシュエラと接することになるマントノンや侍女たちにも、怒りをぶつける可能性がある。

その危険を避けるため、セシールたちは東館の隣にある侍女棟から、北館にある使用人用仮眠室に移ることになった。

新しく宛《あて》がわれた部屋に荷物を置いた三人は、部屋を軽く掃除して、それからシュエラの居室を整え始めた。その日の午後にはマントノンとフィーナもそれぞれの家から戻り、セシールたちに合流する。

カチュアはエミリアを送る旅からまだ戻ってきていない。一旦国外に出なくてはいけないから、戻ってくるまでにはもうしばらく時間がかかるだろう。

その間に決めればいい。カチュアとどう接し、どう話をするかを。ヘリオットと結婚することを、いつまでも隠してはおけない。偽善だとは思うけれど、カチュアをできるだけ傷つけたくない。

シュエラが戻ってきた翌日、貴族たちの間にそのことが知れ渡った。彼らは北館前に集まって、罵声《ばせい》を上げシュエラに抗議する。

シュエラは戻ってすぐにこの事態についてクリフォード公爵らから説明を受けたせいか、怯えることはなかった。が、その表情には帰省の効果は見られない。不安そうに外の声に耳を傾けたり、帰省前と同じようにこっそりため息をついたりする。

シュエラの実家でシグルドは彼女に「王妃になれ」と言ったというが、議会が承認しなければそれも叶わないし、そもそもシグルドがいなければ議会も開けない。つまりシグルドが戻ってこない限り、シュエラも外で騒いでいる貴族たちも、何もできないのだ。

セシールがそのことを指摘すると、シュエラは幾分ほっとした様子を見せた。

その時はシュエラの役に立てたようで嬉しかったのだけど、やはりカチュアには敵わない。

翌々日、予定よりずいぶん早く帰ってきたカチュアは、彼女らしい快活さと遠慮のない物言いで、作りものではないシュエラの本当の笑みを引き出した。

その日の仕事を終えると、今日の夜番《よばん》であるフィーナ以外の四人で、北館の半地下にある使用人用の休憩室に向かった。北館から出られないマントノンや侍女たちのため、彼女らの食事は、シュエラの食事と一緒に侍従《じじゅう》や他の侍女たちによって運ばれてくる。その上今回は、シュエラに仕える者たちにも毒を盛られる恐れがあるからと、恐れ多くも王族を守るための近衛隊士《このえたいし》たちが同行し目を光らせてくれている。

セシールたちは保温器に入っていたパン、そして肉と野菜のクリーム煮をそれぞれの皿に盛ると、ニスがところどころ剥《は》げたテーブルに着く。王族か賓客《ひんきゃく》が使用していたもののお下がりだ。壁に白い漆喰《しっくい》が塗られ、アクセントといえば剥《む》き出しの柱だけという簡素な部屋の隅には、革がところどころすり切れたソファがいくつか置かれていた。

カチュアの旅の話を聞きながら、和気あいあいと食事は進む。

終わり頃になって、カチュアはふと話題を変えた。

「そういえばセシール、あんたずっとあたしのこと気にしてたみたいだけど、話したいことがあるなら言いなさいよ」

何気ない口調だったけれど、セシールはぎくっとして固まる。

話したいことならある。けれど他の人がいるところでヘリオットの話をしても、カチュアは平気なのだろうか？

そんなセシールの気持ちを余所に、カチュアはあっさりそれを口にする。

「ヘリオット様と上手くいったの？　もしかして結婚の話まで出てるとか？」

セシールは言い当てられてぎょっとしてしまう。

マチルダがセシールの動揺に気付かず、わくわくした様子で聞いた。

「え！　セシールとヘリオット様が⁉　いつの間に⁉」

言い切ってから、カレンは「あ」とつぶやいて、カチュアにちらっと目をやる。彼女がヘリオットを慕っていたことを思い出したのだろう。すぐに申し訳なさそうに肩をすぼめる。

「ごめん、あの」

が、当のカチュアはあっけらかんとした様子で手を振った。

「気を遣わないでくださいよー。あたしはもともとヘリオット様とどうこうしたいとか、そんなこと考えてなかったんですってば。ヘリオット様は話してて楽しい人だし、国のため、国王陛下のために汚れ役を引き受けるところがかっこいいなぁって思ってましたけど、それだけなんです。それに、セシールとヘリオット様の仲は、ずいぶん前から知ってたんですよ。確か、ウィル様の看病をしてた頃だったわよね？」

密会してるのを知られてしまった時のことを言っているんだ。あの時のいたたまれなさ、申し訳なさを思い出して、セシールは何と答えたらいいかわからなくなる。そんなセシールを叱咤《しった》するかのように、カチュアはセシールの背中を強く叩いて言った。

「で？　反応があったってことは図星？　プロポーズの言葉は何だったのよ？」

「え？　あの、その」

プロポーズはされていない。〝結婚してくれなんて、今さら言わないよ〟という言葉がそうとも取れるけれど。うっかり思い出してしまい、セシールは思わず顔を火照《ほて》らせる。

だが、カチュアの表情がほんのわずかに歪《ゆが》んだのに気付き、セシールの上気していた顔は一瞬にして冷めた。

カチュアはすぐにその表情を消して、からかうように話し出す。

「だいたいあたしが気付く前から、ちょっと噂になってたんですよねー。お茶の給仕をしてる時の、セシールに付き添うヘリオット様が、新妻を見守る夫みたいだって」

「え……ええっ⁉　それ何の話？」

一瞬動揺したものの、カレンはカチュアの気持ちを汲《く》んで話題に乗る。カチュアはにまにま笑いながら答えた。

「セシールってヘリオット様に頼まれて、一時期いろんなところでお茶の給仕してたじゃないですか。その時ヘリオット様ってば、しゃべらないのに席を外すことが一度もなくて、その様子が官司《かんし》や侍従《じじゅう》の間でちょっと噂になってたんですよね」

マチルダは両腕を組み、訳知り顔でうなずいた。

「そういうことだったの。ヘリオット様とセシールのことに関しては、侍女の間ではいい噂聞かなかったのよね。セシールが〝媚《こび》売っている〟とか何とか。私は〝こいつらやっかんでるな〟って思ってたんだけど、男性と女性とじゃ、噂がこうも変わるものとは」

「マチルダ、悪い口出てる出てる」

カレンが苦笑しながらやんわり指摘すると、マチルダは「あ」とつぶやいて指で口元を押さえる。

「いけない。気を付けてはいるんだけど、悪い口って癖になりやすくって」

「ですよねー。〝あたしの言いたいことってまさにこれ！〟って感じで、言っててスカッとするというか」

「こらこらあなたたち。せっかく侍女になったんだから、礼儀作法を身に付けなきゃ損よ」

楽しそうに話す三人に加われず、セシールは顔に微笑みを貼りつけて話に聞き入っていた。

セシールたちは食事を終えて休憩室を片付けると、一緒に使用人部屋の並ぶ屋根裏に上がった。

屋根の傾斜部分の空間を活用したそれらの部屋は、張り出した窓がついているし、天井も割と高くて、セシールが知っている貴族の邸《やしき》の屋根裏部屋より広い。現在ここを使うのは、マントノンと侍女五人だけなので、一人部屋や二人部屋を選んでそれぞれ自室にした。

階段に近い部屋を選んだカレンとマチルダが挨拶をして部屋に入っていくと、並んで廊下を歩いていたカチュアが話しかけてくる。

「あのさ、あたしのこと憐《あわ》れむのやめてくれない？」

「あ、憐れんでなんか」

そんなことしたら、カチュアに失礼だ。否定しようとするものの、カチュアはぴしゃりと言い放つ。

「あたしの顔色を窺《うかが》って聞かれたことにも答えないところが、憐れんでるっていうの」

気遣ったつもりだけれど、言われてみれば憐れみと変わらない。

カチュアをできるだけ傷つけたくないのに、やることなすこと上手くいかない。

ここで謝ってもまた傷つけそうな気がして何も言えないでいると、カチュアは腰に手を当てて盛大にため息をついた。

「あんたのことだから、あたしからヘリオット様を横取りするつもりなんかさらさらなかったんでしょ？　ヘリオット様のほうが強引に迫ったんだって、考えなくてもわかるわよ。こういうのはね、勝ち負けでも、ましてやどっちが悪いとかいうんでもないの。ヘリオット様はあたしじゃなくてあんたを選んだ。それだけのこと」

「カチュア……」

「だから、あたしのことは気にせず、ヘリオット様としあわせになりなさいよ。気にされると、こっちもやりにくいの。くよくよばっかしてるあんたには難しいかもしれないけど、前と同じように仲良く付き合ってよね」

「カチュア……」

まだ、仲良くしようと言ってくれるの……？

目に涙が溢れてくる。胸が詰まって、他に言葉が出てこない。

カチュアは苛々したように、足を小さく踏み鳴らした。

「あーもう！　このことで泣いてもいいのは今晩まで。わかった？　じゃあね、おやすみ」

自室に入っていくカチュアを、セシールは泣きながら見送った。

ごめんね。ありがとう……

言葉にできなかった思いで、頭の中がいっぱいになる。

考えてみれば、カチュアの言う通りだ。カチュアとセシールはヘリオットを奪い合っていたわけではない。選択権はあくまで彼にあった。ヘリオットがカチュアを選んでいたなら、セシールは涙を呑んで身を引くしかなかった。

もしそうなった時、カチュアに憐《あわ》れまれていたらどう思っただろうか。——きっと、いたたまれなくて逃げ出したくなったに違いない。

いつになったら、馬鹿な自分を変えられるだろう……

自己嫌悪に押しつぶされそうになりながら、セシールはのろのろと自室の扉を開けた。


衝撃的な報《しら》せがもたらされたのは、カチュアが戻って来てから二日後のことだった。

国境に向かったはずのケヴィンが王城に戻り、帝国皇帝が和平条件としてシュエラを要求している旨を伝えに来た。条件に応じないのなら戦争も辞さないと、強行姿勢を見せているのだという。

誰もがショックを受けている中、セシールはいち早く同行を申し出て、荷物をまとめるために自室に駆け上がる。

自室に飛び込んで、真っ先にベッドの下から鞄《かばん》を引っ張り出す。そこにカチュアが息を切らしてやってきた。

「あんたには、あんたがいなくなっても悲しんでくれる家族はいないかもしれないけど」

家族はいない――先ほど同行を願い出た時に、皆の前で口走ってしまった言葉だ。自分で言ったとはいえ、少し胸が痛む。

「けどヘリオット様のことはどうするの?」

鞄に衣類を詰め込んでいた手が止まる。

「……ヘリオット様なら、別に気にされないと思うわ。わたしはただ、ヘリオット様にとっていろいろ都合がよかったから選ばれただけだもの」

いつも飄々《ひょうひょう》としていて何事にも執着しそうにないヘリオットが、セシールがいなくなったところで悲しんでくれるとは思えない。引き止める言葉の一つもなくセシールに見切りをつけて、次の人を探すのではないだろうか。

その様子を想像してしまい、目に涙が滲んだ。セシールはその思いを振り払って、せかせかと部屋の中を歩き回り、私物を集めていく。とはいえ、自分の持ち物は、衣類の他は化粧道具と筆記用具くらいだ。セシールはそれらを鞄《かばん》の中に放り込むと、蓋を閉めて留め金をかけた。

非難の混じったカチュアの声が背中を打つ。

「あんた、本気でそんなこと思ってるの？」

セシールはそれには答えず、鞄を持って振り返った。

「カチュア。わたしはね、シュエラ様に助けられてからずっと、ご恩返しがしたいと思っていたの。——ヘリオット様は、わたしのそんな気持ちをご存知だから、きっと許してくださるわ」

「ヘリオット様と両思いになれたのに、道理で自信なさげでおどおどしてると思った。あんた、本当にヘリオット様の想いがその程度だと思ってるの？」

セシールは、返事をせずに微笑んだ。

そうよ。あなたが思うようなしあわせなんて、わたしとヘリオット様の間にはない……

その気持ちを察したのか、カチュアは泣きそうに顔を歪《ゆが》めた。

「あんた馬鹿よ。ヘリオット様のことが信じられないなんて」

カチュアにまで馬鹿って言われちゃった……

自嘲の笑みを漏らす前に、カチュアに鞄を奪われる。

「あんたがしようとしてることは、ヘリオット様への裏切りよ。結婚を承諾しておきながら、相談もなしに遠くに行ってしまうのは、裏切り以外の何物でもない。覚えておくことね」

肩を怒らせ先に行くカチュアに、セシールはついていく。


降りていった階段の先では、ケヴィンが一人で佇《たたず》んでいた。

「シュエラ様はまだお支度中だ。わたしだけ先に降りてきた」

一瞬置いていかれたかと思ってひやりとしたセシールは、それを聞いてほっとする。

飛び抜けて長身のケヴィンはセシールを見下ろして言った。

「君は、本当にシュエラ様についていってくれるのか？　ヘリオットのことは？」

カチュアと同じようなことを聞く。心の中で苦笑しながら、セシールは答えた。

「ヘリオット様なら、わかってくださいます」

カチュアに聞かれた時よりも、はっきりと言えた。

ヘリオットは、セシールのシュエラに対する忠誠心を知っている。それどころかシュエラに忠誠心を持たないセシールなど、彼にとって価値がないと思う。きっとこの国に残ったって捨てられるだけだ。ならばシュエラに同行して、わずかばかりでも彼女の支えになれたほうがよっぽどいい。

気分が晴れると、もう一つの懸念が脳裏をよぎった。

セシールがシュエラに同行して帝国に行ったと知ったら、父はいそいそと褒美をもらいに来るだろう。あたかも自分が功をなしたかのように。セシールがどんな思いでいるか理解しようともしない父を喜ばせるなんて、絶対にごめんだと思った。

セシールは心を決めて、ケヴィンを見上げる。

「それで、お願いしたいことがあります」

「何だね？」

ケヴィンはセシールの唐突な言葉に、眉一つ動かさず応じる。

「わたくしがシュエラ様に同行して帝国に行くと聞いたら、父――ブラウネット男爵がわたくしに代わって褒美をもらいに来ると思うのです。ですが、決して渡さないようお願いいたします」

言い終えて頭を下げると、ケヴィンから小さなため息が聞こえた。

「君もヘリオットと同じなのだな」

「え？　何がヘリオット様と同じなんです？」

カチュアが不思議そうに尋ねる。

「ヘリオットも家族と折り合いが悪くてね」

「ああ、それで家族にうまい汁を吸わせたくないというわけですね」

「身も蓋もないが、そういうことだ」

そこにシュエラが、マントノンや他の侍女たちを伴って降りてきた。

階段の途中で足を止めたシュエラは、今まで見せたことのない、威厳ある態度で話し出す。

「急ぎの旅ですから、道中は過酷なものになります。また、一度帝国に行ってしまったら、二度と戻ってくることはできないでしょう。それでもついてくるというのですか、セシール？」

セシールは決意を込めてシュエラを見上げた。

「承知いたしております。ですから、どうかお供させてください。シュエラ様のご温情を受けたあの日から、いつまでもお仕えすると心に決めていたのです」

「――わかりました。では同行をお願いします」

「はいっ！」

階段を降り、玄関に向かうシュエラの後ろにセシールは続く。

北館の外へと続く重厚な扉の向こうからは、喧騒が聞こえてきていた。シュエラへの非難と、信じられない報せ《しら》をもたらしたケヴィンへの抗議。〝何故皇帝が愛妾《あいしょう》を要求するのか〟〝何かの企みではないのか〟。自分たちとは関わりがないとばかりに、遠い国境からの報せを信じず、悲壮な覚悟を決めたシュエラの気持ちを考えようともしない。それでもシュエラはこの国のため、民のため、彼らの悪意の中を通り抜けて二度と戻れないだろう旅に出る。

「扉を開けなさい」

ケヴィンが扉の前に立つ二人の侍従《じじゅう》に命じる。

こうしてシュエラの、そしてセシールの、国境への旅路が始まった。

シュエラが宣告した通り、旅は過酷なものとなった。

昼夜を問わず全力で駆け抜ける馬車は乗っている人間を激しく揺さぶり、一時《いっとき》も気を緩めることができない。馬車の窓枠と座席の縁を掴む手が滑れば、たちまち馬車の中で転げ回ることになる。

休憩のため馬車が止まっても、体が揺れている感覚は収まらない。酷いめまいを覚え額を押さえていると、向かい側の座席に座るシュエラが声をかけてきた。

「つらかったら、ここで降りてもいいのよ」

ついてくるなと言わんばかりの突き放した言い方。

シュエラは、本当はセシールを連れていきたくないのだ。人質となるシュエラはある程度安全が保障されるけれど、一介の侍女であるセシールはどういう扱いを受けるかわからないから。

けれど、シュエラを一人で行かせるわけにはいかない。シュエラだけにつらい運命を背負わせたくなかったし、マントノンや侍女のみんなからも頼まれている。

「いいえ、大丈夫です。——初めてお仕えした時、浅はかにもシュエラ様をお一人にしてしまいましたが、これからは絶対にお一人にはいたしません」

愛妾《あいしょう》候補だったシュエラに仕えていた頃、セシールたちは交代交代で、四六時中シュエラの側にいた。だが噂に惑わされ打ち解けようとせず、シュエラを孤独にした。

これからは、二度とシュエラを孤独にさせない。他のみんなが側にいられないのだから、その分セシールが側にいる。帝国で引き離されそうになったら、石にかじりついてでもシュエラから離れないつもりだ。

そんなセシールの言葉にシュエラは驚いたように目を見開いた。出会った頃のことを持ち出したことで、セシールの決意の強さに気付いたようだ。毅然《きぜん》としているけれど、やはり心細かったのだろう。涙で潤んだ目を閉じ、シュエラは消え入りそうな声で言う。

「……ありがとう」

これ以降、シュエラは降りるようにとも引き返すようにとも言わなくなった。

国境まであと少しというところまで来ると、ケヴィンは御者《ぎょしゃ》に命じ馬車を方向転換させた。

「今夜はこちらで、旅の汚れと疲れを落としてください」

案内されたのは国境近くの貴族の邸《やしき》だ。馬車を駆る者たちがケヴィンに従うのなら、シュエラが抗議したって馬車は国境へは進まない。皇帝に会う前に身なりを整えるべきだというケヴィンの主張もあって、シュエラは仕方なく一泊することを決めた。

揺れる馬車の中では満足に眠れなくてぼんやりしていたけれど、いざゆっくり休める状況になると、神経が昂《たか》ぶって眠れない。そうなると、いろんな考えが浮かんでくる。国境も間近の今、特に思い出されるのはカチュアの言葉だった。

——あんたがしようとしてることは、ヘリオット様への裏切りよ。

ヘリオットのような人は、何に対しても執着を持たない。だからセシールがいなくなれば、他に都合のいい結婚相手を探すだろう。

そう思っていたけれど、もし違ったら？

こういう状況だからさいわいと言うべきか、セシールのお腹に子は宿っていなかった。憂《うれ》いは一つ減ったけれど、結婚を承諾するような態度を取っておきながら、結婚が不可能になる道を選ぶのは、確かにヘリオットへの裏切りだ。腹を立てられたらどうしよう。軽蔑されたらどうしよう。でも逆に、最初に思っていた通り、あっさり切り捨てられたら、それはそれでつらい。

わたしは一体、ヘリオット様にどうしてもらいたいの……？

身勝手な思いに心は千々《ちぢ》に乱れて、あまり眠れないまま夜が明ける。


国境へ向かう旅の最終日、前日までと違って馬車はゆっくり走った。

祖国とも、もうすぐお別れ。愛する家族がいる分、シュエラはセシールよりつらいだろう。その上、愛するシグルドとも別れることになるのだから。

愛する人……

結婚を約束したからといって、やはりヘリオットがセシールを愛してくれているとは思えない。さっさとセシールを切り捨てたとしても、あるいは裏切り者と罵《ののし》ったとしても、それはセシールを愛するがゆえではなく、別の、何か打算的な理由から来るもので。

二度と会えなくなる前に一目だけでも会いたい。けれど、会わずにこのまま行ってしまいたくもある。もうすぐ到着するというのに、心は未だ定まらない。

「セシール、わたくしは国境に着いたら国王陛下にお会いせずに、まっすぐ皇帝陛下のもとへ行こうと思うの」

不意に声をかけられ、セシールは戸惑って振り返った。

「え？　ですがケヴィン様が、国境壁に着いたらまず陛下にお会いして状況を確認すると……」

ケヴィンはまだ、シグルドが状況を覆《くつがえ》す可能性を信じている。シュエラのためを思えば、そうなってくれたらどんなにいいか。けれどシュエラはその可能性を完全に否定して、自分から帝国へ赴《おもむ》こうとしている。

セシールも、シグルドの可能性を信じている。ただ、そうは思っても下手に期待を持たせるようなことは言えなかった。だからセシールは、シグルドの気持ちを考えて話す。

「シュエラ様が進んで向かわれたとしても、国王陛下は苦しまれると思うのですが……」

「でも陛下ご自身でわたくしを皇帝陛下に引き渡すより、ずっとお気持ちは楽になるはずよ」

シュエラは何故か、自らの想いを断ち切るようにきっぱりと言った。


馬車が国境壁に到着すると、シュエラはセシールに説明した通りの行動に出た。

ケヴィンがシグルドへの報告のため馬車から離れるのを待って、ケヴィンの従者ロアルをそそのかし、扉を開けさせる。ロアルが扉を開けると、シュエラは強引に外に出た。セシールもそれに続き、シュエラの行く手を阻《はば》もうとするロアルを、体を張って阻止する。

貴族に仕える男性は、女性の体にみだりに触れたりしないものだ。セシールの体に触れそうになったロアルが慌てて身を引くと、セシールはその隙にシュエラを追いかける。

驚いている兵士たちの間を通り抜け、国境壁にぽっかりと空いた暗いトンネルの向こうに出た。

ロアルはシュエラと並んで歩き懸命に説得を試みるが、シュエラは一心不乱に歩き続ける。

途中シグルドの声が聞こえてきて、セシールは歩きながら振り返った。シグルドは屋上から身を乗り出して何やら叫んでいたかと思うと、すぐに姿を消す。続いてケヴィンが顔を出して、懸命にシュエラを呼び止めようとした。だが、ケヴィンのずば抜けて大きな声も、シュエラの耳には入らないようだ。セシールも前を向いて、背後で高まりつつある喧騒を頭の中から締め出す。ヘリオットもあの中にいるのだろうが、彼が何を考え、どう行動しているかを知るのが恐くて、懸命に考えまいとする。

ところが、ヘリオットは坂の中腹にあるテントの下にいた。シュエラとセシールが現れたことに驚いて椅子から腰を上げかけたところを、拘束されたらしい。ラウシュリッツ王国の民には見られない、大きくて浅黒い肌の男たちに、中腰のまま腕と肩を押さえ付けられている。

ヘリオットを見た瞬間、気まずくて目を逸らしかけたセシールだが、彼が拘束されているのに気付き、心配で目が離せなくなった。ヘリオットも彼らしくない驚愕の表情を浮かべて、セシールを見ている。きっと一瞬で悟ったのだろう。セシールがヘリオットとの約束を反故《ほご》にし、シュエラについて帝国に行こうとしたことに。

「ラウシュリッツ王国国王シグルド陛下の愛妾《あいしょう》、シュエラ様でいらっしゃいますか?」

天井だけで囲いのないテントから出てきた帝国の兵士が、シュエラに声をかける。セシールは慌ててシュエラに意識を戻した。

他の帝国の者と同様、浅黒い肌をした、真っ白な髪と髭《ひげ》を持つ老齢の男性がシュエラに近づく。

拘束されたまま、ヘリオットが叫ぶ。

「レナード皇帝陛下、お待ちください! これは何かの手違いで」

ヘリオットの必死の訴えも聞き入れられず、シュエラと皇帝の話は進む。

「わたくしが望むのは平和です。皇帝陛下がそれをお約束くださるのでしたら、わたくしのことはお好きに扱ってくださって構いません」

「そうか。ではその覚悟が本物か、見せてもらおう」

シュエラの顎《あご》を掴んで上向かせた皇帝は、身を屈《かが》めて彼女に唇を近づけていった。シュエラの背は一瞬動揺に揺れ、だが逃げまいとするかのように強張ったのが見て取れる。

セシールも、とっさにシュエラをかばおうとして思い留まった。

これはシュエラが望んだこと。故国のため、シグルドのため、帝国に赴《おもむ》く。その覚悟を見せよと言われているのだから耐えるしかない。

でも、シュエラだって本心では嫌に決まっている。好きでもない人とキスをしたいと思うわけがない。ましてや近くに好きな人がいて、その人に見られてしまうかもしれないのだから。

ここはやはりかばうべきだ。いずれは身を任せなければならないとしても、衆目《しゅうもく》の中で口づけを受けるのは酷すぎる。

そう思ってシュエラと皇帝の間に割って入ろうとしたその時、セシールの脇を一陣の風が吹き抜けた。次の瞬間、シュエラは皇帝の目の前から引き離される。

シグルドだった。驚くべき速さで国境壁の屋上からここまで駆け降りたらしい。シュエラを自らの腕で抱き寄せてしっかりと守っている。

そこからはただ唖然とするばかりの展開だった。皇帝に断りを入れて国境壁に戻ろうとしたシグルドは、シュエラに拒まれその場で彼女と大げんか。〝俺が人質になる〟だの〝バカなことをおっしゃらないで〟だのとやり合う二人を見た皇帝が大笑いして、何故かシグルドの要求を受け入れると言い出す。

国王陛下の要求って、和平条件の撤回……？

そうなれば、シュエラは帝国に行かなくても済む。でも、撤回だけでは済まないはず。その代わりに帝国から何を要求されるのか。

ただただ様子を見守っていたセシールは、いきなり腕を掴まれて飛び上がるほど驚いた。

「ヘリオット様!?」

いつの間にか側に来ていたヘリオットが、無言でセシールをぐいぐい引っ張る。セシールは抵抗を試みるが、結局ついていくしかない。シュエラが止めようとしてくれたものの、ヘリオットは一方的にこの場を離れる許可を取り、再びセシールを引っ張って歩き出した。


国境壁を通り抜けると、セシールは近くに停まったままになっていた馬車に押し込められた。ヘリオットが続けて入ってくる。その不機嫌な様子に恐れをなして、セシールは座席の奥へと移動した。扉を閉めたヘリオットは、逃げ場を失ったセシールを一層追い詰める。

セシールは、耐えきれなくなって声を上げた。

「申し訳ありません！」

「――何について謝ってるの？」

優しげな口調だけれど、冷ややかな言葉。セシールの両脇に手をつき、ヘリオットは覆い被さるようにしてどんどん近づいてくる。セシールは訳もわからないほどの恐怖を感じ、座席の隅でうつむいて、身を縮込ませた。

「さっき、目を逸らしかけたでしょ？　謝ったのはその件？」

セシールの頭上でヘリオットはささやく。セシールはうつむいたまま謝罪した。

「申し訳ありません……」

「謝るだけじゃわからないよ。何を謝ってるの？　今だってこんなに怯えて」

さらに顔を近づけられる。無駄だとわかっていても、首をすくめて少しでも距離を置こうとした。

「そ、それはヘリオット様が怖いから」

ヘリオットは息がかかるほど近くまで顔を寄せてきた。

「何が怖いの？　――もしかして、俺と離れてる間に心変わりした？」

「え――？」

セシールは思わず顔を上げる。何の話かわからず目をしばたたかせてヘリオットを見ると、彼は意地の悪そうな笑みを浮かべて言った。

「アレンとよりを戻したんで、後ろめたかったんじゃないの？」

身に覚えのないことを責められ、セシールは慌てて首を横に振る。

「違います。カチュアに……っ、カチュアにシュエラ様に付き添って帝国に行くのは、ヘリオット様への裏切りだって言われて、勝手にそんな決断をしたことをヘリオット様がどう思うか、それが怖かったんです」

ヘリオットは虚《きょ》を突かれたように目をしばたたかせ、それから深く長い息をついた。

「何だ。そんなことか」

ヘリオットは安堵した様子であっさりセシールの上から体を起こし、隣にどさっと腰を下ろした。

ヘリオットのその言動に、セシールの心は傷つけられる。目に涙が滲んできて、それがまた悔しくて、セシールはつい恨み事を口にしてしまった。

「やっぱり、ヘリオット様にはどうでもいいことだったんですね。わたくしがいなくなっても、他に都合のいい相手を見つけて結婚なさるんでしょう？　だからわたくしはカチュアやケヴィン様に、ヘリオット様はわかってくださると答えたんです。ヘリオット様なら、わたくしと結婚できないとわかれば、すぐに見切りをつけて次の相手を探すだろうって」

ヘリオットは慌てたように背もたれから体を起こし、セシールの顔を覗き込んだ。

「ちょっと待って。一体何の話？」

セシールはうつむいて、目を合わせないようにする。一度口にしてしまったからには、あとはどうでもよくなった。心に溜まっていた澱《おり》を、セシールは思うままに吐き出す。

「せっかくですから、次はカチュアを選んだらどうですか？　カチュアだったら、喜んでヘリオット様のために動いてくれますよ。大事に思ってるってことは、憎からず思ってるってことでしょう？　お願いですから、カチュアを利用するとしてもちゃんと愛してあげてください」

「だから何でカチュアちゃん？　俺はカチュアちゃんには恋愛感情は持てないんだって。何度言えばわかってくれるの？」

ヘリオットこそ、何度言ったらわかってくれるのだろう。

セシールは憤《いきどお》りに任せ、顔を上げて叫ぶ。

「カチュアだけでなく、わたしにも恋愛感情は持てないのでしょう!? だったら同じことじゃないですか！　わたしに遠慮なさらず、どうぞカチュアとしあわせになってください！」

興奮のあまり息を切らしていると、ヘリオットは体を起こして後ろ頭をかいた。

「わかってなかったんだなぁ」

ヘリオットはぼやきながら、セシールの肩を抱き寄せようとした。セシールはその手を拒もうと身をよじるけれど、肩に腕を回され、そのままあっさりと抱き寄せられる。セシールは、久しぶりの感触にしばし抵抗を忘れた。その隙にヘリオットは話し始める。

「誰が誰に恋愛感情を持てないって？　好きでもない女をオトすのに、あんなに手間暇かけるもんか」

え？　それって――

すぐにその意味に気付いたけれど、一度堰《せき》を切った恨み事は止まらない。

「そ、そんなのわかりません！　だって、ヘリオット様は一度もわたしのことを好きとも愛してるとも言ってないじゃないですか！」

「そういう君だって言ったことがないじゃないか」

「茶化さないでください！　わたしはヘリオット様のことが好きです！　愛しています！　泣いてるわたしを心配して声をかけてくださった時から惹かれてました！　その後〝頼みごと〟をされて

有頂天になって、利用されたって知って傷ついて。でもキース様から守ってもらった時、利用されても、傷つけられても、やっぱりヘリオット様のことが好きだって気付いたんです。なのにヘリオット様はわたしの言ったことにかこつけて変なことをするし」

「〝変なこと〟って、あのね……」

額を押さえるヘリオットを無視して、セシールは続けた。

「あんなことしておきながら、わたしよりカチュアのほうが大事だって言うし。ヘリオット様がなかなか他人に本心を見せられないのはわかってますけど、わたしだってちゃんとした言葉をもらえないと不安で仕方ないんです！」

「言わなくても、あれだけのことしてるんだからわかると思ってたんだけどね」

これだけ訴えているのに、ヘリオットはまだ言い渋る。

「わかるわけないじゃないですか！　わたしは単に欲求不満のはけ口にされてるんだとばっかり。け、結婚する気になったのだって、シュエラ様の女官と結婚しておいたほうが何かと都合がいいからなんじゃないかって……」

自分の言葉に、心が抉《えぐ》られる。

涙が溢れそうになった時、ヘリオットは頭をかきむしってまくしたてた。

「あーもう！　こういうのは苦手なんだよ。いいか、一度しか言わないからよく聞いとけ。――最初は嫌いだったさ。噂に踊らされて、国のために人生を捧げようとしたシュエラ様に冷たく当たって。そんな愚かな人間を俺は毛嫌いしてた。だけど王城に戻ってきた君は、俺が思ってた人物とは違った。ちょっとばかり侮辱や非難にさらされれば、さっさと辞めると思ってたのに、君は下働き扱いにすら黙って耐えた。話を聞いてみればシュエラ様に冷たくしたことをすごく反省していたし、カチュアちゃんに嫌われても当然だって言って泣いてた。自分の人を見る目を、初めて疑ったよ。君は真面目だし一途だしあんまり簡単に人を信じるもんだから、これじゃ噂にも簡単に惑わされるだろうし、騙されることもあるんじゃないかって放っとけなくなった」

「あの……わたし、何だかご面倒ばかりかけているみたいで、好きになっていただけるところなんてどこにもないように思うのですが」

いたたまれなくなってセシールが口を挟むと、ヘリオットはにやっと笑った。

「そんなことないさ。よく言うだろ？　〝馬鹿な子ほどかわいい〟って」

「やっぱりほめてなんかないじゃないですか！」

セシールが憤慨《ふんがい》すると、なだめるようにヘリオットはセシールの頭を撫《な》でる。

「けどまあ、それで君から目が離せなくなったんだ。そんなわけで世話焼きと罪滅ぼしも兼ねて、シュエラ様の噂を広めるために君を利用した。だから君に責められた時、そのしっぺ返しを食らったと思ったよ。その時にはもう君とのことを考えていたから、かなり手痛かった」

「その時にはもうって、え？」

意味がよくわからず戸惑いの声を上げると、ヘリオットは観念したように微笑んだ。

「君と付き合いたいとか色々考えてたってこと。――で、君が俺を非難するのは至極まっとうな話だし、君とはあれでおしまいだと思った。ところが君は、俺を非難するのは間違ってたとか言い出すし、あげく〝利用してください〟なんて俺に都合のいいこと言うし。……胸に手を当てて目をキラキラさせてるのを見て、俺のことが好きなのはすぐわかったよ。だから遠慮なく手を出すことにしたんだ。でもまあ経験のない女の子を怯えさせてもいけないと思って、手間暇かけて誘惑したんだけど」

「ちょ、ちょぉっと待ってください。経験がないって何でわかったんですか？」

恥ずかしくて声を上ずらせながら尋ねると、ヘリオットはからかうような笑みを浮かべる。

「そりゃあ、反応を見てればわかるさ。――アレンとはキスもまだだったんだろ？」

言い当てられて、セシールは顔を真っ赤にする。

「気付いてからは、俺のほうこそ有頂天だったさ。君の初めての男になれたって。それで調子に乗ったんだ。悪ふざけが過ぎたってのはわかってる。けど、戸惑いながらも俺を受け入れようとする君を、一生大事にしたいと思った。――次の女なんて欲しくもないし、探すつもりもない。さっき君が俺に対する裏切りだって言ってたこと、あれは裏切りなんかじゃない。君がシュエラ様についていくと言い出すのはわかってた。だから、いざとなったら俺もシュエラ様と一緒に帝国に行くつもりだったよ」

「え……？」

思ってもみなかった言葉に、セシールは呆然とする。ヘリオットは苦笑いを浮かべてセシールの前髪をくしゃくしゃ撫《な》でた。

「〝え？〟って何だよ、〝え？〟って。君はシュエラ様に一生仕えたそうだったし、俺は君と別れたくない。なら一緒に行くしかないじゃないか。それとも君は、俺と離れ離れになって平気なの？」

そんなわけない。セシールは必死に首を横に振った。ヘリオットは嬉しそうに微笑んで、くしゃくしゃにしたセシールの前髪を撫でつける。

「俺も君と離れることになったら、平気でいられなかったよ。君が思ってる以上に、俺は君に夢中なんだ」

その言葉に、セシールはぼろぼろと涙をこぼしていた。

好きとも愛してるとも言われていない。けれど言葉を尽くした告白に、溜まりに溜まっていた不安や不満が一気に解けて、ヘリオットへの想いが溢れていく。

ハンカチを手に取って目元に押し当てていると、ヘリオットはセシールの頭を肩口に抱き寄せた。

「あーよしよし。悪かったな、不安にさせて」

そう言われるとさらに泣けてくる。

少しした頃、外から歓声が聞こえた。それは次第に近くなってくる。セシールが戸惑って顔を上げると、それとほぼ同時に馬車の扉が乱暴に叩かれた。

「やりました！　シュエラ様を差し出すことなく、和平成立とのことです！」

「え？　え？」

喜ばしいことだけれど、どういう経緯でそうなったのかわからず、ただ戸惑ってしまう。ヘリオットは小さな笑い声を立てて、セシールをぎゅっと抱きしめた。

「あのじいさん、腹に一物も二物も三物も持ってるとは思ったけど、要するに〝シュエラ様を人質にしない〟っていう和平条件を印象づけたかっただけってワケだ」

「あの、それは一体どういう……？」

〝あのじいさん〟とは、皇帝のことだろうか。そんな不敬な呼び方をしたらマズいのではないかと心配だが、親しみがこもっているようにも感じられて訳がわからない。

「あのじいさんは〝愛妾《あいしょう》を人質にくれなきゃ戦争も辞さない〟と一旦脅してから、〝人質にしないことにしてやるから、その分譲歩しろ〟って言うことで、自国の寛大さを見せつけて要求を通しやすくしたってことさ。俺たちはまんまと、じいさんの交渉術に踊らされたってわけだ」

「それじゃあ、シュエラ様は……」

「帝国に行かなくてもよくなったんだよ。――君も俺もね」

それを聞いたセシールは感極まって、言葉もなくヘリオットに抱きつく。ヘリオットはそんなセシールの背中に両手を回して彼女を支えた。


シグルドは皇帝と和平条約の協議をしなくてはならないため、シュエラは先に王城に戻ることになった。シュエラと同じ馬車に乗って王城に入ったセシールは、馬車から降りたところでシュエラと一緒にマントノンたちの出迎えを受ける。

「本当にようございました。ご無事のお帰り、お喜び申し上げます」

喜びに声を震わせるマントノンのあとに、マチルダが感極まった様子で言葉を続ける。

「本当に、本当によかったです！　帝国の要求を撤回させるなんて、これぞまさに国王陛下のシュエラ様への愛情のなせる業《わざ》ですよね！」

まだまだ続きそうだった話を、カレンが遮《さえぎ》る。

「マチルダ、お疲れのところに立ち話はいけないわ。シュエラ様、ご入浴の準備が整っておりますので、お部屋へどうぞ」

シュエラの鞄《かばん》を持ったフィーナが、セシールに近づいてきてにこっと笑う。

「セシールさんも、今日はゆっくり休んでくださいね」

「ありがとう……」

近衛隊士《このえたいし》たちに四方を守られたシュエラが歩き始めると、マントノンやセシールたち侍女がその後に続いた。セシールの鞄を持ってくれたカチュアが、隣を歩きながらさりげなく言う。

「ヘリオット様との誤解、解けた？」

「え？」

何のことかわからず問い返すと、カチュアは呆れたようにため息をつく。

「出発する直前に言ってたじゃない。〝ヘリオット様にとっていろいろと都合よかったから、結婚相手に選ばれた〟みたいなこと」

話を聞きつけたシュエラが、立ち止まって振り返る。

「え？　カチュア、二人のこと知ってたの？」

「ええ。ヘリオット様とセシールの仲に気付いたの、この中じゃあたしが一番じゃないですか？」

マントノンだけでなく、近衛隊士たちまで驚いて注目してくるので、セシールはいたたまれなくなって身を縮込ませる。

「セシール、いつの間に結婚の予定が？」

マントノンの責めるような口調に、セシールは慌てて弁解する。

「いえその、結婚しても邸《やしき》を守らなくていいし社交も必要ないから、仕事は続ければいいとヘリオット様が」

「……ヘリオット様とまず相談したほうがよさそうですね」

女官になる件のことを言っているのだろう。申し訳なさにセシールはさらに身を縮込ませる。

マントノンの話が終わると、マチルダが興味津々に尋ねてきた。

「もうそんなに具体的な話をしてるの？」

「いえあの、具体的というより仕事を続けることがわたくしの希望なので、話の流れでそういうことに……」

恥ずかしくて説明が尻すぼみになる。するとシュエラが遠慮がちに声をかけてきた。

「セシール、あの……わたくしのことなら気にしなくていいのよ？　あなたのしあわせを第一に考えて」

「いえ！　わたくしのしあわせは、シュエラ様に生涯お仕えすることです。ヘリオット様もそのことはわかってくださっています」

「セシールあんた、ちゃんとヘリオット様と話したの？」

カチュアに咎《とが》めるような口調で問われ、セシールは急いで訂正した。

「ちゃんと話できたわ。それでヘリオット様が、わたしの意思を尊重してくださっているのがわかったの。……カチュアがいろいろ言ってくれたおかげよ。ありがとう」

素直にお礼を言うと、カチュアは少し痛みをこらえるような目をしながらも、満足そうに微笑む。

カチュアが望むなら、普通にヘリオットとのことを話そう。カチュアに遠慮して、話題を避けたりせずに。自分の意見を率直に言うくせに、自分より他人を優先するカチュア。そんな彼女は絶対にしあわせになるべき人だと思う。

アレンも、セシールの結婚話が進めば見切りをつけやすいだろう。婚約解消を申し出たセシールさえも気遣ってくれた心優しいアレンなら、いずれ素敵な女性と巡りあえるに違いない。

みんな、しあわせになってほしい。

そのためにセシールは前に進む。みんなの道をふさいでしまわないよう、前へ前へと。そしていつか、しあわせへの道に迷う誰かの手助けができたらいい。カチュアやアレンがしてくれたように。

みんなが話に夢中になって立ち止まっていると、カレンがじれったそうに言った。

「こういう話は、旅の汚れを落としてゆっくり休んでからでもいいじゃないですか。立ち話してないで、早く北館に戻りましょう」

「そうね。行きましょう」

シュエラがそう言って再び歩き始め、他の人たちもそれに合わせて進む。

ヘリオット様が戻ってきたら、これからのことを話してみよう……

セシールは空を見上げ、今頃国境で事後処理に奔走《ほんそう》しているだろうヘリオットを想った。

エピローグ

その後も少しごたごたがあったけれど、二週間ほど前にようやくシュエラとシグルドは結ばれた。

それからすぐに二人の結婚式の日取りも決まり、城内はその準備のために慌ただしくなった。

女官見習いとなったセシールも、国王の側近であるヘリオットも、もちろん目が回るほど忙しい。

しかし働き詰めでは疲れが取れないだろうと言って、ヘリオットが王城の外へ連れ出してくれた。

息抜きのためとばかり思っていたのだが、何故かセシールはいつの間にか用意されていた新居に入って、ヘリオットにからかわれている。

「抵抗しないと、最後までやっちゃうよ？」

抱き上げられていたセシールは真っ赤になり、ヘリオットの首にしがみついていた腕を解いて彼を睨む。

「まだそれをおっしゃいますか！」

「駄目なの？　ざーんねん」

さして残念そうでもなく、ヘリオットは肩をすくめる。

そんなヘリオットを見ていたら、先ほどの幸福感など消えてしまった。約束を違《たが》えられたのを思い出し、悔しくなって目に涙を滲ませる。

「邸《やしき》は持たないとおっしゃったじゃないですか。女官の勤めとの両立は難しいから、貴族の妻としての務めは果たさなくていいって。わたしに女官になってほしくないなら、何故直接そうおっしゃってくださらないんです？」

ヘリオットが望むなら、女官になるのを諦めてもよかった。シュエラに仕えられないのはつらいけれど、ヘリオットが国王側近である限り、何らかの形でシュエラの役に立てることもあるだろう。だがそれを一言も言わず、ヘリオットが一人で決めてしまったことが悔しい。今もなお、セシールはヘリオットにとって都合のいい存在なのではないかと悲しくなってくる。

セシールの訴えを黙って聞いていたヘリオットは、苦笑いをしてぼやいた。

「君も相当根が深いよなぁ」

「〝根が深い〟ってどういう意味です？」

抑えようと思っても、つい声が尖ってしまう。ヘリオットはまた肩をすくめた。

「ま、俺が悪いのか」

「自己完結しないでください！」

一度箍《たが》を外してしまったせいか、最近癇癪《かんしゃく》を止められない。上目づかいに睨みつけると、ヘリオットは何故か照れくさそうな顔をして、視線をあさってのほうに向けた。

「あー、まあ要するに邸《やしき》があったって、君に女官にならないでほしいなんて思ってないし、邸を守ってほしいとも言わないってこと。俺もあの時は、本当に邸なんていらないって思ってたんだよ。城内にいれば医者もいるし、何でも事足りるって。でもマントノン夫人に相談してみたら、出産の時とかそのあとしばらくは、王城のような仮の住まいじゃなくて、ちゃんとした住まいがないと君が安心できないんじゃないかって言われてね。邸を守るとか社交とかはどうでもいいけど、俺、君との子どもは欲しいんだよな」

ヘリオット様がそんなことを考えてらしたなんて……

顔を火照《ほて》らせうつむいたセシールに、ヘリオットは話を続ける。

「だからケヴィンの伝手《つて》で空き家を譲り受けて、急遽《きゅうきょ》住めるように調《ととの》えたってワケ。妊娠がわかってからバタバタ調えたって、到底自分の居場所だって思えないだろ？　邸を調えさせるために先に一人使用人を雇ったけど、その他の使用人はこれから君が信頼できる人間を雇って、居心地良くするといい。忙しいからあまり帰ってこられないかもしれないけど、暇を見つけて何度も来れば、そのうち〝我が邸《や》に帰ってきた〟って気持ちになれるんじゃない？　――って、何で泣くの？」

「だ、だって嬉しくて……」

セシールはヘリオットの肩から片手を外し、溢れる涙を拭う。

自分の居場所と思える場所なんて、今までどこにもなかった。母と暮らしていた時は、いつ母が帰ってこなくなるかと不安ばかりだったし、父の邸《やしき》ではセシールは厄介者で。仕えていた貴族の邸も王城も、働く場ではあっても我が邸《や》ではなかった。

気付いているのだろうか。ヘリオットは、セシールが望んでも手に入れらなかったものをくれたことに。

泣き続けるセシールを、ヘリオットはあやすように揺すった。

「悪かったよ。俺があんまりふざけるから、なかなか信用できないんだよな。ほら、存分に泣きな」

〝泣きな〟と言われて泣くのも変な気分だけれど、どうにも涙が止まらず、セシールはそのまま泣き続ける。

ひとしきり泣いた後、セシールは気まずく思いながら顔を上げた。

「もういい？」

ヘリオットに顔を覗き込まれ、恥ずかしくてまたうつむく。

「は、はい。早とちりしてしまって、申し訳ありません。ありがとうございました……」

「他人行儀がなかなか抜けないな。ま、それもおいおいってところか。この邸になじんでいくのと同じように、俺にもなじんでくれよな。――って、邸より先に俺になじんでくれなきゃ面目立たないんだけど」

セシールは思わず笑みをこぼす。それを見て、ヘリオットも微笑んだ。

「そういうわけで、これからよろしく。奥さん」

ヘリオットが茶化して言うので、セシールも調子を合わせる。

「はい、こちらこそよろしくお願いします。旦那さま」

シュエラの結婚式の日取りが決まったすぐ後に、セシールとヘリオットはシグルドから結婚の許可をもらった。その時から名実ともに夫婦だったけれど、ようやくその実感が湧いてくる。

この邸で築いていこう。ヘリオットとの夫婦のきずなを。そして新しい家庭を。

この人が、わたしの旦那さま……

セシールは心の中でしあわせを噛みしめながら、ヘリオットに笑みを返す。

それを見たヘリオットは蕩《とろ》けてしまいそうな甘ったるい笑みを浮かべ、再び階段を上がり始めた。

「じゃ、早速寝室に行こうか」

途端に先ほどまでの感動が吹っ飛んで、セシールの声は裏返ってしまう。

「ま、真昼間から何言ってるんですか！」

「え？　だって嫌って言わないってことは、君も子どもを持つことは賛成なんでしょ？」

抵抗したいけれど、ヘリオットに抱き上げられている状態で、しかも階段を上がっている最中にそれは無理だ。落ちるのが怖くてまたもやヘリオットの首に抱きつくと、耳元でヘリオットに笑われた。セシールは、その低くけだるげな笑い声にうろたえながら抗議する。

「わ、わたしの答えを決めつけるのはやめてください！」

「あれ？　反対だった？」

反対じゃない。けれど、そう答えてしまうとヘリオットの思うつぼだ。

ヘリオットはそんなセシールの気持ちさえも読みとって、楽しげに笑い声を立てた。

番外編

シュエラとシグルドのお引っ越し

チチチチ……

小鳥のさえずりが聞こえる。

まどろんでいたシュエラは、ぬくもりの中でゆっくりと目を覚ました。

視界に入ってきたのは、夜着に覆われた逞《たくま》しい胸元。

顔を上げれば、間近に愛しい人の顔が見える。意志の強そうな群青色《ぐんじょういろ》の瞳を閉じ、薄く唇を開いて寝入る様《さま》は、子供のようにあどけない。

見ているとしあわせな気分がこみ上げてくる。両思いだとわかる前には、気持ちがすれ違ってしまい、王妃になることを諦めようとさえ思った。だからこそ、今こうしていられることがまるで奇跡のようで。

こみ上げてきた想いで胸をいっぱいにしながら、シュエラは自分の肩に回ったシグルドの腕をそっと外した。

今日は早めに起きてほしいと言われている。シュエラが居室を移る日だからだ。

この部屋は王子や王女が使う部屋。

移る先は、王妃の間。

両思いになった翌日、まだ王妃ではないけれど早めにそちらに移ったほうがいいという話になった。そのため大急ぎで準備が進み、一週間後の昨日、部屋の改装が終了したとの報告があった。それで早速今日お引っ越しすることに決まったというわけだ。

本館三階に住まうシグルドも、同じ北館の国王の間に居屋を移すことになっている。

シグルドの腕を静かにベッドに降ろすと、シュエラはそろそろとベッドの端に移動し始める。

シュエラの支度は、シグルドよりずっと時間がかかる。だからシグルドはもうしばらく眠らせておいて、シュエラだけ先に支度に取りかかるつもりだ。最近シグルドは疲れているのかいつも寝足りない様子なので、少しでも長く休ませてあげたいのだ。

ところが、そんな気遣いも知らず、シグルドの片腕が伸びてきてシュエラの腰を引き戻す。

「きゃ……っ」

シュエラは小さく悲鳴を上げて、再び枕に頭を沈めた。すぐに起き上がろうとしたけれど、その前にシグルドが覆い被さってきて身動きが取れなくなる。

「おはよう、シュエラ」

自分の顔のすぐ上で微笑まれ、シュエラは顔を赤らめる。

「お、おはようございます……寝ぼ——いえ、まだ眠くていらっしゃるのでしたら、もう少しお休みになられたらいかがでしょうか？」

挨拶の途中でシグルドの目の焦点が合っていないことに気付き、遠慮がちに言葉を付け加えた。……〝寝ぼけてる〟は、国王に言っていい言葉じゃないので、慌てて言い換えたけれど。

だが、シグルドの耳には届かなかったのか、ぼんやりと周囲を見回しつぶやいた。

「……まだ早いな」

厚いカーテン越しに入ってくる光はまだ淡い。いつもなら休んでいてもいい時間だ。

「ですが今日は――」

〝早く起きるようにと言われて〟と続くはずだった言葉は、シグルドの唇に封じられる。

「んっ」

すぐさま深くなった口づけに、シュエラは思わず喉を鳴らす。もたらされる甘い感覚に我を忘れそうになるけれど、かろうじて残っている理性がシュエラに抵抗するよう命じる。

「シグルド様！　今日はっ」

顔を背《そむ》けて口づけから逃れると、シュエラはシグルドに今日のことを思い出させようとする。しかし追ってきたシグルドの唇にまたもや口をふさがれる。今度は顎《あご》を押さえられて逃げられなくなった。シグルドのもう一方の手はシュエラの体の線をなぞっている。熱い唇と大きな手の平に、シュエラは何も考えられなくなる。

シグルドの夜着を握りしめ、体の芯から湧き上がる疼《うず》きに耐えていると、控えめなノックの音が聞こえた。

「起きていらっしゃいますでしょうか？　今日はお部屋の移動がございますので、お早めにご起床くださいませ」

先日女官見習いになったばかりの、セシールの声だ。シュエラは一瞬にして我に返り、力一杯シグルドを押し退けた。そうして体を起こすと、国王に対して失礼な態度だったことに気付いて、おそるおそる振り返る。

シグルドは枕に顔を伏せて、ぐったりとしていた。

「も、申し訳ありません。わたくし、乱暴にしすぎてしまったでしょうか？」

慌ててシグルドの肩に触れると、彼は小刻みに震え始める。一瞬うろたえたシュエラだったが、シグルドが笑いをこらえているのに気付いて目を吊り上げた。

「シグルド様っ！」

「――ははは っ！　いや、すまん。おまえのうろたえぶりがあまりにかわいかったから」

愛する人にかわいいと言われて、嬉しくないわけがない。けれどこっちは焦ったのに、のんきに笑われてしまっては面白くない。

「もう知りません！」

怒ってさっさとベッドから降りようとすると、手首を掴まれ引っ張られた。

文句を言おうと振り返ったシュエラに、シグルドは甘やかな笑みを浮かべる。

「今朝はまだだったろう？　――愛している、シュエラ。おまえは？」

シュエラはぽっと頬を染めた。

毎日朝晩繰り返しているのに、今でも気恥ずかしい思いがする。

でも、想いが通じ合った時、シグルドと約束した。

――これからはお互い隠すことなく、何でも話し合おう。

朝晩告白し合うのもその一つ。想いを伝え合わなかったことで、お互い片思いと思い込んで、長らく悩み苦しんでしまったのだから。

シュエラは恥ずかしくてシグルドの目を見られなかったが、それでも精一杯答えた。

「わ、わたしも愛しています。シグルド様……」

嬉しそうに微笑んだシグルドは、体を起こしてシュエラの唇に優しく口づけを落とした。


北館の談話室は、エミリアがよく好んで使っていた部屋だ。外に面した壁いっぱいにガラス窓が広がっており、光がたっぷりと差し込んで、他の部屋よりも明るい。

午前中、シグルドがノックをして入室すると、シュエラはだだっ広い部屋の真ん中に置かれたテーブルで何やら書きものをしていた。訪れたのがシグルドと気付き、慌てて立ち上がろうとする。

「そのままでいい」

シグルドは早足でテーブルに近づき、空いている席に座った。それを見てシュエラは、浮かせかけていた腰を再び椅子に落ち着ける。

「このような時間にどうなさったのですか？」

「執務室も荷物を運び出す者たちが出入りして、執務になりそうになかったのでな」

シグルドがこれまで私室を置いていたのは、本館三階の国王執務室の隣にある、元は仮眠室だったところだ。仮眠室へは執務室を通らなければ入れないため、今朝は執務室にもひっきりなしに人が出入りしていた。国王の執務には多くの機密が関わってくるので、当然そんな状況で行うわけにはいかない。出入りする者たちもいちいちシグルドに礼をとるのでは作業がはかどらないと思い、今日の午前の執務は取りやめにしたのだ。

詳しいことを説明しなくても、シュエラにはわかったらしい。「そ、そうですか……」とつぶやいたかと思うと、頬を染めて下を向く。

シュエラと初めて結ばれたのは一週間前、シグルドの私室でのことだった。その時のことを思い出したのだろう。シグルドもつられて赤くなり、照れ隠しに咳払いする。

「ところで、何をしているんだ？」

シュエラは多少恥ずかしそうな様子を残したまま答えた。

「先ほど皇帝陛下からの書状が届いたので、お返事をしたためているのです」

シグルドは顔をしかめた。

先月和平を結んだグラデンヴィッツ帝国の皇帝レナードは、シュエラの後見の一人となった。後見被後見は言うなれば義理の親子関係のようなものでもあるから、手紙のやり取りをするのはおかしいことではない。

だが、シグルドは気に食わなかった。

和平と引き換えにシュエラを寄越せと脅してきたレナードは、最終的にその条件を引っ込めた。とはいえシュエラを気に入ったらしく、妙にちょっかいをかけてくる。

「何を書き送ってきたんだ？」

不機嫌を隠さず尋ねると、シュエラは呆れたような笑みを浮かべた。

「他愛もないことですわ。夫婦生活はどうかとか」

「――！」

シグルドはむせ返りそうになる。

「どうかなさいましたか？」

小首を傾げるシュエラに、シグルドは空咳で動揺をごまかしながら言った。

「――何でもない。どう返事を書いたんだ？」

「円満に過ごしていますと書きましたけど？」

シュエラは気付いてないようだが、〝夫婦生活〟とはあっちの話だろう。

「……手紙を読ませてもらってもいいか？」

「はい、どうぞ。皇帝陛下も、シグルド様がお読みになりたいとおっしゃったらお見せするよう書き添えてらっしゃいますし」

嫌な予感を覚えつつ、渡された手紙に視線を落とす。

案の定、あっちの〝夫婦生活〟を連想させる単語があちこちに並ぶ。

あンのエロじじい……！

シグルドは心の中で悪態をつく。国境で緊迫した交渉をしている最中にも、シュエラの体がどうとか言ってきた人物だ。下世話なのは性格なのだろう。

そして締めの一言。それを見て、シグルドは思わず手紙を握りしめてしまった。

『シグルドに愛想が尽きたら帝国で嫁入り先を世話してやる』

シュエラを失いたくないと苦悩していた先頃のシグルドを、嘲笑《あざわら》うかのようだ。

怒りに震えるシグルドに、シュエラが気遣わしげに言う。

「あの、最後の言葉は挨拶代わりなのだと思います。国境で直接お話しさせていただいた時も、冗談めかしておっしゃっていらしたので」

「……俺も手紙を書いていいか？」

「あ、はい。陛下に紙とペンのご用意を――」

シュエラが侍女に声をかけようとしたのを、シグルドは止める。

「いや、すぐに書き終わる。紙の余りとペンを貸してくれ」

シグルドはシュエラから紙をもらいペンを借りると、その紙にでっかく書きなぐった。

『余計なお世話だ。くそじじい』

シュエラはそれを見て目を丸くする。

「陛下は達筆でいらっしゃいますね」

目が行ったのはそっちか……

そういえば、シュエラに自分の書いた文字を見せたのはこれが初めてだった。苦笑しながらシグルドは答える。

「幼いころから散々鍛えられたからな」

シュエラはうっすらと頬を染め、うつむいた。

「お恥ずかしいです。わたくしは文字を書くのが上手くなくて」

シュエラの手元にある書きかけの手紙には、少し不揃いだが柔らかいラインの文字が並んでいる。

シグルドはシュエラの顔を覗き込むようにして言った。

「女性らしくてかわいいじゃないか。俺は好きだぞ」

「そ、そうですか？」

シュエラは少し目を上げて、恥じらうように肩をすぼめる。

シグルドの手紙を渡された侍女は、吸い取り紙を当ててから、困惑顔でその手紙とシュエラを交互に見比べていた。それに気付いたシュエラが遠慮がちに言う。

「それで、あの。この手紙を本当に送ってしまっていいのですか？」

「かまわないさ。——レナードは面白がりだから、泣いて喜ぶだろう」

「そう、なのですか……？」

「ああ」

シュエラの戸惑う声に、シグルドはふてくされつつ返事する。

……これを見て一瞬目を丸くし、それから腹を抱え涙をちょちょぎらせながら大笑いするレナードの様子が目に浮かぶようだ。


昼食後、シュエラとシグルドは散歩に出た。

「今まで二人で散歩をしたことがないからな。そなたのお気に入りの場所へ案内してくれ」

シグルドにそう言われ、シュエラは西館前の庭園に案内する。

西館に部屋をいただいていた頃はよくそぞろ歩いたものだが、北館に居室が移されてからは行き来が大変になったこともあって足が遠退いていた。

道を形作る生垣は腰の高さまでしかなく、遠くまで見渡せる庭園のあちこちには色とりどりの花が咲き乱れている。付き添いの侍女や護衛の近衛隊士《このえたいし》らを離れたところで待機させ、二人きりでゆっくりとその中を歩いた。

この庭園を、目を輝かせた前王妃エミリアと一緒に散歩した。ここから見える場所にある正面玄関から、もう二度と戻ることはないと覚悟して旅立ったのはまだ三カ月前のことだ。シュエラが感慨深げに見渡していると、シグルドが渋面を作って黙りこんでいるのにふと気付いた。

「どうかなさったのですか？」

「嫌なことを思い出した。シュエラ、おまえここで幼馴染《おさななじみ》の近衛隊士と密会してただろ」

「密会なんてそんな……エド兄――いえ、エイドリアン殿は相談に乗ってくださっただけです。それに、ふふっ」

「何だ？」

シュエラが思い出し笑いをすると、シグルドは眉をひそめる。

「エイドリアン殿に、その時言われたのです。〝陛下の目を見たことはないのか？〟と。その意味がようやくわかりましたわ。……やきもちを焼いてくださっていたのですね」

エド兄さまに嫉妬することなんてないのに……

――おまえを下げ渡されるなんてわたしはごめんだよ。

エイドリアンは、多分あの時からシュエラがシグルドに惹かれていたことに気付いていた。だから逃げ道をふさぐことで、シュエラの後押しをしてくれたのだ。

シュエラの言葉を聞くと、シグルドは目元をさっと赤らめ、すぐさまそっぽを向いた。それから回り込んでしげしげと見ようとしたシュエラの肩を片手で押して遮《さえぎ》る。

「……見ないでくれるか？」

「え？　わたしは見たいんですけど、ダメですか？」

「何でこんな顔を見たがるんだ……」

「そんなお顔をされるのを見たのは初めてなんですもの」

いつもはシグルドが、照れているシュエラの顔をいじわるをするようにのぞき込む。けど、逆の立場になってみてわかった。

好きな人のどんな表情も、見逃したくなかったからなのね……

だからといって、好きな人に恥ずかしがっている顔を見られたいわけではないけれど。

そこに、いつの間にか近寄ってきていたセシールが、遠慮がちな声をかけてきた。

「あの……お話し中申し訳ありません。国王の間、並びに王妃の間の支度が整いましてございます」

シグルドは咳払いをして照れ隠しをすると、シュエラに手を差し伸べる。

「ああ、わかった。シュエラ、早速行こうか」

「……はい」

シュエラは不意に浮かない顔をして、シグルドのその手を取った。

シグルドとシュエラは早速部屋を見に行った。一通り見たところでシグルドは執務に戻ると告げ、シュエラとその場で別れる。

執務に就いた途端、結婚式の手配に関する連絡が次々に入る。その対応の合間に国王の認可の必要な書類を確認し、サインをした。執務は途切れることなく夜まで続き、シグルドは簡単に食べられる物を執務室に運ばせて夕飯を済ませる。

この忙しさが、今のシグルドにはありがたかった。今晩はシュエラと食事をしても、きっと会話は弾まない。

王妃の間を見せた時のシュエラの反応は、シグルドにとって予想外だった。

——……素敵なお部屋ですね。

何とかひねり出したような言葉に、無理をしたような笑顔。侍女たちからもあれこれ聞いてシュエラの好みに合わせたつもりだったのだが、予想していた反応を得られなくて、シグルドは意気消沈する。

喜んでほしかった。だが、無理をしてまで喜んでほしかったわけじゃない。

「本日の執務はここまでといたしましょう」

普段の夕食が終わるのと同じくらいの時間に、ケヴィンが仕事の終了を提案してきた。

「新しい部屋に移られて最初の夜です。シュエラ様もお一人では寂しいでしょうから、ご一緒にいらしたほうがよいかと」

ケヴィンとしては気を遣ったつもりなのだろうが、今のシグルドには嬉しくない。

「ああ……」

気のない返事をすると、ヘリオットが尋ねてきた。

「シュエラ様と、何かあったんですか？」

「おまえ……歯に衣着《きぬき》せず聞いてくるな……」

侍従《じじゅう》たちが出払っている時でよかった。彼らが悪い噂を広めるとは思わないが、こういう話は聞く者が少ないほうがいい。だからヘリオットも、このタイミングで切り出したようだ。

「侍従たちもいないことですし、許してください。それで、何があったんですか？」

シグルドは「む」と口をつぐんで、それからためらいつつぼそぼそと話した。

「シュエラが、どうやら新しい部屋を気に入らなかったようなんだ」

「そうだったんですか」

ヘリオットはさして意外とも思ってない様子で相槌《あいづち》を打つ。予想していたということだろうか。

シグルドはむっとしながら言い訳をする。

「……シュエラの好みは考慮したつもりだ」

「直接好みをお聞きになられなかったのがいけなかったのではないですか？　実はこうしてほしいといった希望を、シュエラ様がお持ちでいらっしゃったとか」

ケヴィンが言う。シグルドもそれが最たる原因のような気がする。

ここ一週間、「手伝いましょうか？」と言うシュエラに、シグルドは「大丈夫」と言って改装に関わらせなかった。物をねだらないシュエラに、〝二人の部屋〟をプレゼントしたかったからだ。

国王の間、王妃の間は独立した部屋だが、二つは二人の寝室と居間を挟んでつながっている。ここで互いの愛情を一層育み、家族を作っていく。そんな特別な場所は、結婚記念のプレゼントとして最もふさわしいと思ったのだ。

「驚かせようとしたことが裏目に出た、か」

シグルドは執務机に両肘をつき、組み合わせた両手の上に顎《あご》を乗せてうつむく。

シュエラに喜んでもらおうと一人浮かれていたことは否めない。そのためにシュエラの気持ちを考慮するのを忘れていた。

ヘリオットが小さく笑ったのに気付き、シグルドは顔を上げた。

「何だ？」

「失礼いたしました。その、陛下は何か焦ってらっしゃいませんか？」

「どういうことだ？」

「妻から聞いておりますが、一週間前のあの夜以来、シュエラ様と何もないのでしょう？」

シグルドはむせかえりそうになる。

「な……っ」

ヘリオットの妻というのは、セシールというシュエラ付きの女官見習いだ。先日正式に結婚の許可を出した。シュエラからの信頼も厚く、既婚者であるから、もしかするとシュエラが相談を持ちかけたのかもしれない。

それに思い至って食い入るようにヘリオットを見ると、ヘリオットは残念そうに肩をすくめた。

「キスマークが日に日に薄くなって消えてしまったと、妻が心配して私に相談しただけです」

「……おまえたち夫婦は、何つー会話を交わしてるんだ」

シグルドが頭を抱えると、ヘリオットはくすくす笑いながらシグルドの執務机の上を片付け始めた。

「妻は、先日お二人が別れる寸前までいってしまったことを、気に病んでいるんですよ。気がかりなことがあったのに、それを黙っていたせいだと言って。以来、気にかかることは何でも相談してきます。——推測ですが、そういう雰囲気に持っていけなくてお困りなのではありませんか？」

図星をさされ、ぐっと喉を鳴らす。

初めて結ばれてから一週間。毎夜同じベッドで寝ているが、実のところ二度目を遂げることができずにいる。それとなく雰囲気を作ろうとする度にシュエラにかわされてしまい、手を出せずにきてしまった。雰囲気を作るだけだったら、以前のほうがよっぽど簡単だったくらいだ。

バレてしまっているのなら、取り繕っても仕方ない。からかう様子もないから、相談に乗ってくれるつもりなのかもしれない。シグルドは重たい口を開いてぽつぽつと話し出す。

「……シュエラに避けられているような気がするんだ。もしかしたら、シュエラが俺を好きだという気持ちは、夫婦のそれとは違ったんじゃないかと思うことがある」

それらしい雰囲気を作ろうとすると、途端にシュエラはそわそわしてシグルドの腕から抜け出し、「それではお休みなさいませ！」と元気よく挨拶をして毛布をかぶってしまう。こうもあからさまに避けられてしまうと、正直男としての自信をなくす。そんなに嫌だったのだろうか。二度と触れられたくないのだろうか。

毎夜悶々《もんもん》と眠れない時を過ごし、今朝は思いあまって、寝ぼけたフリをして事に及ぼうとしてしまった。――人が起こしに来て、叶わなかったが。

ペン先を拭いてペン置きに戻したヘリオットは、苦笑しながら言った。

「シュエラ様は陛下と結ばれたあとで、プロポーズをお受けになったんでしょう？　だったらそれ込みでお受けになったと見て間違いないと思うのですが」

そうだった。結ばれた翌朝、本館三階の部屋から景色を見渡しながら求婚した――って!?

「何でおまえがそのことを知ってる!?」

シグルドは思わず立ち上がって、机を両手の平で叩いた。

「これも妻から聞いたんですよ。シュエラ様が本館三階から北館の私室に戻られた朝、マントノン夫人が席を外しているうちに、侍女たちが根掘り葉掘り聞いたらしいんです。その際にシュエラ様がぽろっとこぼされたのだとか。〝陛下はちゃんとプロポーズなさったのに、わたくしはヘリオット様からプロポーズの言葉をいただいてません〟って拗《す》ねられましたよ」

ヘリオットにあっさり答えられ、シグルドは立ったまま机の上に突っ伏した。二人だけの大切な思い出だと思ったのに、ヘリオットにまで筒抜けとは。

……シュエラに一度、言っておかなければ。侍女たちに漏らす話はちゃんと選べと。

扉がノックされ、侍従《じじゅう》が戻ってきたことを告げる。するとケヴィンが扉に向かった。

「外で話してまいります。わたしではこういうことはお役に立てませんので」

「おまえもそろそろ結婚したらどうだ？」

シグルドのそれに答えることなく、ケヴィンは出ていってしまう。折り目正しいケヴィンにしては、珍しい態度だ。首を傾げていると、ヘリオットが苦笑しながら話を再開した。

「きっとシュエラ様の中では、陛下と愛し合いたいという気持ちより、その行為を恥ずかしいと思う気持ちのほうが勝っているのでしょうね。女性はつつましやかにあれと育てられているせいで、なかなか大胆になれません。特にシュエラ様は恋愛事には疎《うと》くていらっしゃるご様子。陛下の焦る気持ちもわかりますが、ここはゆっくり愛を育んでいかれたほうがよろしいのではないでしょうか？」

言っていることはわからないでもない。だが、それをヘリオットから言われるのが何だか悔しくて、シグルドはぼそっとつぶやく。

「そう言うおまえのところはどうなんだ？」

「わたしたちですか？　妻は侍女としての経験も長いですが、その前に貴族の邸《やしき》で勤めていたこともありましたからね。恋愛事に心得があるようで、頑張って俺に合わせようとしてくれていますよ。……よろしかったら、そういった話をシュエラ様とするよう、妻に言っておきますか？」

またもやあっさりと返ってきた言葉に、シグルドは脱力感を覚えた。

「……いや、いい」

その返答を予想していたのだろう。ヘリオットは苦笑する。

「苦労なさいますね。でも、そういったことで悩めるのは恋愛初期だけなので、存分に楽しんでください」

「それは嫌味か？」

自分はさも苦労してないかのように言ったくせに。

「いえ、大真面目ですよ」

ヘリオットはいつもの面白がるような笑みではなく、優しげな微笑みを浮かべて言った。


一人で夕食を済ませたシュエラは、侍女たちが片付けに専念しているのを見てこっそりとため息をつく。それに目ざとく気付いたカチュアが、腰に手を当てて怒り始めた。

「ため息をつくくらいなら、もっと喜べばよかったんですよ！　こんなに素敵に改装してもらって、何がご不満なんですか⁉　シュエラ様があまりお喜びにならなかったから、きっと陛下はがっかりして夕食に来られなかったんです。お二人の部屋に移られて最初の食事だったっていうのに」

「カチュア！」

ぶつぶつ続けるカチュアを、フィーナが鋭く名前を呼んで止める。それを聞いて、シュエラは慌てて顔を上げた。

「いいのよ、フィーナ。カチュアの言う通りだわ。わたくしが喜ばなかったから、陛下は気分を害してしまわれたの」

部屋を案内して回る最中、シュエラの反応が鈍《にぶ》いのに気付いて、シグルドの表情は次第に曇っていった。そして一通り案内したところで、執務に戻ると言ってそそくさと出ていってしまった。

シグルドががっかりするのは当然だ。執務の合間に結婚式の手配をして、その上改装まで手ずから取り仕切ってくれたのに、シュエラはちゃんと喜べなかったのだから。

肩を落とすシュエラに、カチュアも幾分口調を和らげて謝罪する。

「いえ、言い過ぎました。すみません。でもどうしてなんです？　シュエラ様らしくないじゃないですか。陛下が時間を割いて新築同様に綺麗にしてくださったのに、それを喜べないなんて」

「カチュア、口を慎みなさい。王妃陛下となられる方に対して無礼ですよ」

マントノンに注意され、カチュアは少々反抗的に「申し訳ありません！」と返事する。

その様子に苦笑していたセシールは、シュエラのほうを向くと気遣わしげな笑みを向けてきた。

「シュエラ様、お気に召さなかったのでしたら、無理に喜ばれることはないですわ。国王陛下はシュエラ様に無理をしてほしいなどとは思われないはずです。──何故喜べなかったのか、ちゃんと正直にお話しになられれば、きっと国王陛下はわかってくださいますわ」

「そう、ね……」

シュエラがぽつんとつぶやくと、マントノンが手を叩いて侍女たちに片付けの続きを促《うなが》す。

「すぐご入浴の支度をいたしますから、ゆっくりとおくつろぎくださいませ」

「シュエラ様のご実家から、新しいハーブ石鹸《せっけん》が届いていますわ。新しい石鹸はよく香りますから、きっと陛下もお気に召してくださいますわ」

カレンとマチルダも、シュエラを気遣って声をかけてくれる。シュエラは「ありがとう」と言って、支度ができ次第入浴すると続ける。

入浴の最中から寝支度までの間、シュエラは悶々《もんもん》と考えた。

シュエラが早めに王妃の間に移れるよう、シグルドが手配してくれたのは嬉しい。毎晩通ってはくれるけれど、翌朝シグルドが自分の私室に帰ってしまうのが寂しかったから。

けれど、そのためにシグルドに苦労を背負いこませてしまったかと思うと、申し訳なさ過ぎて喜びも素直に表せない。

そしてシュエラにはもう一つ、シグルドに対する負い目があった。

それは夫婦関係のこと。

シグルドが再びシュエラと結ばれたいと思っているのはわかる。そのために甘い雰囲気を作ろうとしたり、体に触れようとしたりしていることも。シュエラとしても、その……お世継ぎをもうける役目を果たすために、シグルドの求めに応じたいと願っている。

でも。

服を脱いであんなことやこんなことをされると思ったら、恥ずかしくてどーしても逃げ出したくなっちゃうのよ……！

逃げちゃダメと言い聞かせても、いざその時になると体も口も言うことを聞いてくれない。抱きしめてくるシグルドの腕からするりと抜け出し、「それではおやすみなさいませ！」と元気に挨拶してしまう。結ばれる以前の触れ合いの時のほうが、まだシグルドの求めに応じられた。あの時どうしていたか懸命に思い出そうとするけれど、思い出す度に頭に血が昇ってしまい、それどころではなくなる。

そんなシュエラをシグルドがどう思っているのか、確かめるのも怖い。

けれど、逃げてばかりではいけない。シグルドと約束したのだから。

寝室の隣の間で寝支度をしている最中に、シグルドが寝室に入ったとの報《しら》せを受けた。

どうしようどうしようどうしようどうしよう……

覚悟を決めたはずなのに、これから自分の気持ちを正直に話さなければならないと思うと、緊張で頭の中がぐるぐる回る。

それでも顔を合わせないわけにもいかず、シュエラは思い切って寝室に足を踏み入れた。

ベッドの端に座っていたシグルドは申し訳なさそうな笑みを浮かべ、入り口で立ち止まってしまったシュエラにちょいちょいと手招きをする。シュエラが近づいていくと、シグルドは彼女を隣に座らせて、肩を優しく抱いた。

「すまなかったな」

え……？

驚いてシグルドの顔を見ようとしたけれど、頭を抱き込まれて顔を上げられなくなる。

「おまえの意見を聞いてやらなくて悪かった。物をねだることのないおまえへの最大の贈り物だと思ったら、おまえを驚かせたいという気持ちで頭がいっぱいになってしまったんだ。二人の部屋なのだから、二人で相談して作っていけばよかった。不満がある箇所はできる範囲で何とかしてやるから、何でも言ってくれ」

「贈り物……？」

思いがけない言葉にシュエラが目をしばたたかせると、シグルドは居心地悪そうに微笑んで、急《せ》くように話を続ける。

「それだけじゃない。俺自身、おまえと一緒の部屋に早く移りたかったんだ。〝客〟の立場で通うのではなく、おまえがいる場所を俺の帰る場所にしたかった。だからできるだけ早く改装を済ませたくて、ますますおまえの意見を聞くことに気が回らなくなってしまってな。――どうした？」

シュエラの様子がおかしいことにようやく気付いて、シグルドは怪訝そうに声をかけてくる。呆然としながら、シュエラはつぶやくように尋ねた。

「シグルド様は、この部屋を贈り物にするつもりだったのですか？」

「あ、ああ……」

シグルドが困惑したように返事をしたのにも構わず、シュエラは質問を続ける。

「通うのではなく、わたしがいる場所を帰る場所にしたかったと？」

「……ああ、そうだ」

いたたまれない様子ながらも、迷いのない強い言葉を返されて、シュエラの胸は喜びに打ち震える。直後、シグルドの腕を振りほどき、立ち上がって正面から彼に抱きついた。

「シュエラ!?」

仰天《ぎょうてん》するシグルドの声が、耳元で響く。シュエラからこんなことをするのは初めてだ。驚くに決まっている。けれどシュエラは、溢れる気持ちを抑え切れず、そのままそれを口に出した。

「わたしも寂しかったんです。シグルド様が〝帰って〟しまうことが。だからこの部屋に移ることができたのは、とても嬉しいんです」

シグルドはちゃんと自分の気持ちを話してくれた。今度はシュエラが話さなくては。

「ですが、そのためにシグルド様にご負担をかけてしまったかと思うと、申し訳なくて素直に喜べなかったんです。お手伝いしましょうかと申し出ても、シグルド様は〝大丈夫〟とおっしゃるばかりでしたし」

「──俺も、おまえと同じ間違いをしていたのだな」

シグルドは肩を揺らし始める。不審に思って少し体を離すと、彼は笑いをこらえながらシュエラに温かな笑みを向けた。

「おまえも以前は俺がエミリアを愛していると思い込んで、本当の気持ちを聞いても〝何でもありません〟と言うばかりだったじゃないか。それで俺は、おまえが苦しんでいるのに気付いていながら、理由を知ることができず、その苦しみを取り除いてやることもできなかった」

「あ──」

その時のことを思い出し、今度はシュエラがいたたまれなくなる。シグルドはシュエラの腰に腕を回して支え、もう一方の手でシュエラの頭を撫《な》でた。

「あの時のことを責めてるんじゃないんだ。お互い、まだまだ言葉が足りないと思ってな。──改装が負担だったなんてとんでもない。この部屋に入る日が待ち遠しくて、出来上がっていく様子を確認する度に疲れが吹っ飛んだよ」

その言葉に、シュエラの胸は嬉しさでいっぱいになる。

シュエラはシグルドから一旦離れ、衝動のままに彼の腕を引っ張って立たせた。

「こちらへ来てくださいませ！」

そうしてシグルドの手を引いて、寝室を出ていく。

応接室の隅の椅子に座って夜番《よばん》をしていたカチュアは、突然出てきたシュエラたちに驚いて立ち上がった。

「あ、用があって来たわけじゃないから、気にしないで」

そう言ってシュエラが廊下に続く扉を開こうとした時、その手をシグルドの大きな手に握り込まれる。

「どこへ行こうとしてるんだ⁉」

「初めてこのお部屋に入ったところから、やり直そうと思うんです」

「だったら扉の前からでいいだろう！　頼むからそんな恰好で他の男どもの前に出てくれるな」

言われて自分が夜着の上にガウンを着ただけの姿であることを思い出した。

廊下に出れば、扉を守る衛兵や、待機している近衛隊士《このえたいし》たちがいる。

とんでもなく大胆なことをしてしまうところだったとシュエラが顔を火照《ほて》らせていると、シグルドはシュエラの手を取り、肩を抱いて体の向きを変えさせた。すると扉を背にして立つ格好になる。

「じゃあ始めよう。〝シュエラ、ここがおまえの新しい部屋だ！〟」

ちょっと芝居がかった口調に噴き出しそうになったけど、シュエラはこらえて彼に合わせる。

「〝まあ素敵！　ありがとうございます、シグルド様！　見て回らせていただいてもよろしいですか？〟」

「〝もちろん！　おまえのために俺が選んだものばかりだ。じっくりと見てくれ〟」

シグルドから離れ、部屋の中を眺めながら中央へと歩いていく。

「〝かわいい……！　素敵なデザインのテーブルと椅子だわ！〟」

「〝フィーナという侍女の実家から買い入れたものだ。貴族相手に商売しているだけあって、良い品揃えだったぞ。だがおまえは華美に走った装飾は好まないだろう？　だから白塗りに金のラインが入っただけのシンプルなものを選んだんだ〟」

「〝このテーブルの脚と椅子の背もたれの巻き、とてもなめらかですね〟」

「〝巻いているものが好きなのか？〟」

「〝ええ、大好きです！　何だかかわいくありません？〟」

「〝ならこちらもお気に召していただけるかな？　つる草に野バラが咲いた絵柄をつづった壁紙だ〟」

「〝まあかわいい！〟」

もう一つの問題をすっかり忘れて、シュエラははしゃいだ。

まるで寸劇の役者のように振る舞う二人からそろそろと遠ざかったカチュアは、扉をそっと開けてわずかな隙間から廊下へと滑り出た。そして音を立てないように慎重に扉を閉めると、その場にしゃがみこんで膝の上に顔を伏せてしまう。

昼間のことが気になって、退出してもそのまま部屋の前から立ち去れずにいたセシールや侍女たちは、お互い顔を見合わせた。

衛兵や近衛隊士《このえたいし》が心配そうにカチュアを見下ろす中、フィーナが側に屈《かが》み込む。

「大丈夫？」

「……平気。あてられただけ」

カチュアは腕で顔を隠したまま、ぼそぼそと答える。続いて扉の方を見たマチルダが言った。

「室内が騒がしいようだけど、国王陛下とシュエラ様は何をなさっておいでなの？」

「今日の午後、初めてこの部屋に入ったところからやり直しだって」

セシールや、フィーナ、カレン、マチルダは、それを聞いて顔をほころばせた。

やはり気になってここまで来てしまったケヴィンがつぶやく。

「昼間の問題は解決したのか？」

「そうみたいだ」

苦笑しつつ、隣にいたヘリオットが相槌《あいづち》を打った。

「どうして衣裳部屋にまで入りたがるんだ？」

「普段は入れないですもの。せっかくだからこの機会にと思いまして」

「さすがに衣裳部屋までは、俺は指揮しなかったぞ」

「でもちょっとだけ見たいんです」

「それは構わないが……」

その返事を聞いたシュエラは、嬉しそうに衣裳部屋に入っていく。シグルドは苦笑しながらあとに続いた。

女性の衣裳部屋など、入るのははじめてだ。まず目に飛び込んでくるのが、吊り下げられた色とりどりのドレス。次に並んでいるタンスに目が行く。それから部屋の片隅に整然と置かれた道具類。

その中から、シグルドはあるものに目を止め、そのまま視線を外さず近寄っていく。

それは二つの竪琴《たてごと》だった。一つは見覚えのある、色付けされていない簡素なもの。もう一つは金地に網目状の銀線が施された瓶型のもの。その上部と中央下には青の玉石があしらわれ、張られた弦に、ランプの明かりがきらきらと反射している。装飾がないほうはマントノンのもの。装飾を施しているほうがシュエラに用意されたものだろう。

「どうかなさったんですか？」

一点を見つめるシグルドの横から、シュエラが顔を出す。

シグルドはふと思いつき、にんまりと笑った。

「そういえば、マントノン夫人から竪琴を習っているのではなかったか？　その割にはおまえが竪琴を弾いているのを見たことがないな」

シュエラ付きの女官になった際、マントノンはシュエラに様々な教育を施そうとした。竪琴もその一つだ。貴族の女性たる者、楽器の一つも奏でられるようでなくてはならない。

「え……」

シュエラから嫌そうなつぶやきが漏れる。

「改装の礼に弾いてくれないか？」

「え、で、ですが、わたくしの腕はシグルド様にお聴かせできるようなものではございません」

うつむいて肩をすぼめるシュエラの言葉が、かしこまったものに戻っている。そのうろたえぶりがかわいくて、シグルドは目を細めた。

「腕前は気にしなくていい。おまえが俺のために弾いてくれる竪琴が聴きたいんだ」

「ですが……」

「弾いてくれたら俺はめちゃくちゃ嬉しくなるぞ。それこそ舞い上がってしまうくらいにな」

「……わかりました。聴いて後悔なさっても知りませんからね？」

ため息混じりに言いながらシュエラが竪琴を持つと、シグルドはそれを受け取り寝室に戻る。

寝室に入ったところで、シュエラはふと気付いたように声を上げた。

「あのっ眠くはないのですか？」

よほど弾きたくないのだろうか。シグルドは苦笑しながら聞き返す。

「何故俺が眠いと思うんだ？」

「それは、ここ最近毎朝眠そうにしてらっしゃるからです。執務や結婚式の準備がある上に改装の指揮までとって、それでお疲れなんじゃないかと心配で」

見当違いな心配に、シグルドは思わず声を荒らげかけた。

「俺が眠そうにしてたのは……！」

「何でしょう？」

シグルドの言葉を受けて問いかけてくるシュエラに、思わずぐっと喉を詰まらせる。

逡巡《しゅんじゅん》したのち、シグルドはぼそっと言った。

「それはまた今度にしよう。いつか必ず話すから、それまで待っていてくれ」

「何ですか？　それは」

シュエラがぷっと噴き出す。

シグルドが今考えていることを知れば、シュエラも笑ってなどいられないだろう。

好きな女に手を出せなくてなかなか寝付かれないなんて聞いたら、また逃げ出すに違いない。

――陛下の焦る気持ちもわかりますが、ここはゆっくり愛を育んでいかれた方がよろしいのではないでしょうか？

助言の主がヘリオットだというのが何やら癪《しゃく》に障るが、ここは言う通りにしておくべきだ。

ベッドの脇まで行って、シグルドは振り返る。

「ベッドの上でも弾けるか？　不安定そうだが」

「……椅子にちゃんと座って弾くのと、あまり音色は違わないと思います」

それほど自分の腕に自信がないのか……

シグルドは口の中で笑いを噛み殺す。

「ならベッドの上で聴かせてくれ」

室内履きを脱いで先にベッドに上がり、シュエラに手を差し伸べた。その手を取って室内履きを脱いだシュエラも、ベッドに上がる。真正面だと余計緊張するだろうと思いシュエラの横に座ると、シグルドは彼女に竪琴《たてごと》を渡した。

横座りをしたシュエラは膝の上に竪琴を抱え、弦をはじいて具合を確かめた。

「それではまいります」

一音一音弦をつまびく。

何の曲かはわかるが、これは確かに人に聴かせられるほどのものではない。

だが、シグルドのために懸命に弾こうとするシュエラの姿は、シグルドの胸を熱くした。つたなくても、愛しい者が自分のために弾いていると思うと、極上の音色に聴こえてくる。

途中音を間違え、シュエラは弾くのをやめてしまった。

「だから申し上げたのです。マントノン夫人にも言われました。裁縫の腕はよろしいですが、音楽の才はなさそうですねって」

「そうか？　いい音色だったぞ。とても心地いい……もっと弾いてくれ」

シュエラはぽっと頬を赤らめ、再び間違えたところから奏で始める。

シグルドは立てた膝にもたれかかるようにして、その音色に聴き入った。

その夜、国王夫妻の寝室からは、たどたどしい竪琴《たてごと》の調べが遅くまで鳴り響いていた。

おまけ

慶《よろこ》びの朝

数日ぶりに我が邸《や》に泊まった翌朝、めったにない丸一日の休日を楽しむために早起きしようと考えていたのに、セシールはうっかり寝過ごしてしまった。

「そろそろ起きようよ。せっかくの休日が終わっちゃうよ？　お寝坊さん」

「え!?　ご、ごめんなさい！」

日差しの角度からすでに日が高いことを瞬時に悟り、セシールは焦って飛び起きる。その途端吐き気を催《もよお》し、寝室から続きの浴室に飛び込んだ。

空の桶を浴槽の縁に置き、そこに顔を伏せて嘔吐《えず》く。

「どうしたの。大丈夫？」

「へ……いきです。すぐ、おさまるから、外で……」

吐き気の合間にどうにか言ったけれど、ヘリオットはそれを無視して、セシールの背を夜着の上からさすった。こんな姿を見られたくはないけれど、彼を追い出す余裕もない。

セシールの嘔吐きがおさまってきたところで、ヘリオットが幾分硬い声で尋ねてくる。

「いつから？」

「二、三日くらい前から、です。でも、起き抜けだけで……」

けれど今まで病気一つしたことのないセシールにとって、この体調不良は恐怖ですらあった。王城で同じものを食べている人たちが平気そうなことから、食べ物に当たったとは考えにくい。

毎朝こんなに苦しいなんて、わたし一体どんな病《やまい》にかかってしまったの……？

これから自分はどうなってしまうのか。ぞっとして身を震わせると、ヘリオットが背後からふんわりと抱きしめてきた。

「王城に戻って、医者に診《み》てもらおう」

ヘリオットも悪い病気を疑っている――病身となったセシールを、ヘリオットはどうするだろう。子どもが欲しいと言っていた。病を得てしまったとなると、子どもは望めないかもしれない。そうしたら――

悪い考えは、ヘリオットに爪で額を軽く弾かれて霧散した。

「こーら、何考えてるの。悩んでるとお腹の子に障るよ」

「お腹の、子……？」

思いもしなかったことを言われ驚いて振り向くと、嬉しくてたまらないといったヘリオットの笑顔が間近にあった。

「本当にそうとは限らないけどね。体調が悪いなら、どちらにしろ医者に診てもらったほうがいいだろ」

お腹の子。わたしたちの……？

にわかに信じられず下腹部に触れたセシールの手に、ヘリオットは自分のそれを重ねた。

「休日の計画はダメになったけど、こんなに嬉しいことはないよ。……ありがとう」